KB156140

미국문학개관

미국문학 개관

2002년 8월 26일 인쇄
2002년 8월 30일 발행

편역 • 권경득
발행 • 김진수

발행처 • 한국문화사
등록번호 • 2-1276호
주소 • 서울시 성동구 성수1가2동 13-156 2F(133-112)
전화 • 464-7708, 3409-4488
팩스 • 499-0846
홈페이지 • www.hankookmunhwasa.co.kr
e-mail • hkm77@korea.com
가격 • 7,000원

ⓒ 한국문화사, 2002
잘못된 책은 교환해드립니다.

ISBN 89-7735-950-3 93840

미국문학 개관

식민지 시대로부터 세기의 전환까지

권경득 편역

한국문화사

대학강단에 서서 미국문학사를 강의한 지가 벌써 수십 년이 흘렀건만 지금까지 이에 대한 서적을 하나 내놓지 못하다가 이제야 겨우 한 권의 책을 발간하게 되어 다소나마 마음의 부담을 덜게 되었다. 오늘날 영미문학을 공부하는 문학도에게 미국문학사에 대한 전공서적으로 사용할 만한 교재는 그리 많지가 않다. 그 중에서 쉽게 구할 수 있는 책으로 Mildred Silver의 'A Brief History of American Literature'란 서적이 있다. 이 책은 Silver 교수가 일본의 Shikoku Christian College에서 미국문학사를 강의한 내용을 책으로 출판한 것으로 주로 외국 학생을 의식하고 쓴 책이다. 비교적 쉬운 단어와 문장으로 쓰여져 있어, 초보 단계에 있는 외국 학생이 이해하기 쉽고 또 연대기적 순서로 주요작가들을 기술하고 있으므로 미국문학의 개요를 이해하는데 유익한 책이라고 말할 수 있다.

미국문학사의 대가인 Robert E. Spiller가 쓴 'The Cycle of American Literature'는 미국문학에 어느 정도 기초적인 지식이 있어야 접근할 수 있는 책으로 저자의 문학사관에 입각하여 미국문학에 대한 전체적 조명과 집약적인 미국문학사의 연구를 위하여서는 꼭 읽어야 할 책이다. 그러나 미국문학이 생소한 초보자의 경우에는 다소 무리가 있기에 나는 Peter B. High의 'An Outline of American Literature'를 우선 읽어야 할 책으로 권하고 싶다. 이 책은 식민지 초창기부터 20세기의 대중 소설에 이르기까지 4세기에 걸친 미국문학사를 역사적 배경과 문학사조를 배경으로 주요 작품과 작가를 해설하고 있다. 또한 이 책은 저자 자신의 특수한 문학사관에 치우침이 없이 시대와 작가, 작가와 작품을 공평무사하게 논술하고 있어 독자로 하여금 미국문학에 대한 밀도있는 이해와 연구에 기여하리라 생각된다.

따라서 필자는 이 책을 발간함에 있어서 High의 저서를 중심으로 위에 열거한 서적들의 내용을 번역하고 편집하여 되도록 문학사적 평형감각을 가진 문학사를 기술하는 데 역점을 두었다. 물론 시대적 흐름에 따른 문학사조와 작가와 작품에 대한 비평도 아울러 서술하였다.

앞으로 미국문학을 공부하는 문학도에게 이 역서가 미국문학을 이해하는 길잡이가 되었으면 하는 것이 나의 소박한 바람이다.

2002년 6월
구억물에서

차례

제1장 식민지 시대

미 문학의 역사는 미국인(Americans)이 거주하기 오래 전인 1600년대 초기부터 시작된다. 그 당시 초기의 문필가들은 신세계(New World, America)의 탐험과 식민지의 개척을 묘사한 영국인들이었다. Thomas Hariot의 *Brief and True Report of the New-Found Land of Virginia* (1588)는 이러한 많은 작품 가운데 최초의 것이었다. 영국에서 Virginia 나 New England로 이주할 계획을 하고 있던 사람들은 여행의 안내서로 이 책을 읽었다. 그러나 이것은 위험한 일이었다. 왜냐하면 이런 책들은 흔히 사실과 환상을 혼합하여 쓰여졌기 때문이다. 그 한 예로서 William Wood는 그가 Massachusetts에서 사자를 보았었다고 주장했다. 이런 '사실보고'(true reports)는 또 다른 독자를 갖게 되고, 그들은 모험과 홍분의 이야기로서 이런 글들을 읽게 되었다. 오늘날 공상과학 소설의 독자들처럼 그들은 실제로 가본 적이 없는 곳으로 상상의 항해를 즐겼던 것이다.

John Smith(1580-1631) 선장의 글은 아마도 그 당시 두 부류의 독자를 만족시켰다. Hungary에서 터키족의 사람들과 싸웠던 진정한 모험가인 그는 그곳에서 싸우다가 부상을 당하여 포로가 되었다. 그 후 그는 노예로 팔려갔다가 주인을 살해하고 도피하는데 성공하였다. 그는 1607년에는 미국에서 최초의 영국 식민지인 Jamestown을 창설하는데 기여했다. 구체적인 세부사항들이 항상 정확한 것은 아니었지만 그의 *True Relation of Virginia*(1608)와 *Description of New England*(1616)는 그 당시 독자로 하여금 신세계로의 식민을 설득하는 매혹적인 광고 노릇을 했다. 예로서 그때의 청교도들은 주의 깊이 *Description of New England*를 연구했고, 1620년에 그곳에 정착하기로 결정했던 것이다. Smith 선장은 자주 그의 저서 속에 들어 있는 자신의 모험들에 대하여 자랑스러워했다. 그의 *General Historie of Virginia, New England, and the Summer Isles*(1624)는 아름다운 인디언 추장의 딸에 의하여 구출되는 이야기가 쓰여 있다. 이 이야기는 아마 사실이 아닐지도 모른다. 그러나 이것은 미국문학에서 유추된 최초의 유명한 이야기이다. 그의 Elizabeth시대의 문체는 항상 읽기가 쉽지 않다. 그리고 구두점을 17세기에 있어서도 기이한 것이 없으나, 그는 훌륭한 이야기를 서술하고 있다.

Two great stones were brought before[A] Powhattan (*the Indian "King"*): then as many as could dragged him (*Smith*) to them, and thereon[B] laid his head, and being ready with their clubs, to beat out his brains, Pocahontas, the King's dearest daughter, got his head in her arms, and laid down her own(*head*) upon his to save him form death: whereat[c] the King was contented[D] he should live.

[A]in front of [B]on them (the stones) [c]because of that [D]agreed

식민지의 초창기부터 거의 영국인들은 미국의 대서양 연안을 따라 정착했으므로 남부 식민지와 New England 식민지 사이에는 커다란 차이점이 있었다. 남부에서의 큰 농장이나 농원은 담배를 재배하기 위하여 흑인 노예의 노동력을 사용했다. 부유하고 힘있는 농원주들은 자국의 문학을 발전시키는데 부진했다. 그들은 영국에서 수입한 책을 선호했다. 그러나 New England의 청교도 식민지인들은 근엄한 기독교 신앙에 기초한 사회를 건설하기 위하여 신세계로 왔던 것이었다. 영국의 청교도들은 영국 왕에 대항하여 싸웠는데(1642년에서 1652년까지 지속된 전쟁에서), 그들은 사회가 하나님의 율법 위에 기초해야 한다고 믿었다. 그래서 그들은 훨씬 더 강력한 통일감과 공유목적을 가졌다. 이것이 바로 문학과 문화가 남부에서 보다 훨씬 더 급진적으로 발전한 이유였다. 식민지에서의 최초의 대학인 Harvard는 새로운 청교도 목사들을 양성하기 위하여 1636년 Boston 근교에 창설되었다. 미국 최초의 인쇄소가 1638년에 그곳에서 개업하였고, 미국 최초의 신문이 1704년에 Boston에서 나왔다.

New England 청교도 문학 가운데에서 가장 흥미 있는 작품은 역사였다. 청교도에게 역사는 하나님의 계획에 따라 발전했다. 모든 초기 New England의 역사에서 청교도들은 New England를 성서에 나오는

'약속의 땅'으로 보았다. 역사의 중심적 드라마는 예수와 사탄과의 투쟁이었다.

William Bradford(1590-1657)의 *Of Plymouth Plantation*은 청교도의 역사 중에서 가장 흥미 있는 것이다. 이 책은 청교도와 인디언과의 어려운 관계를 묘사하고 있다. 또한 이 책은 소식민지의 반이 사망했던 첫 겨울 동안의 어려움을 서술하고 있다. 모든 일들이 청교도들이 찬양한 간소한 문체로 훌륭하게 쓰여져 있다. 교육받지 못한 독자에게 명백한 진리의 빛을 보여주기 위하여 청교도 작가들은 우아한 용어를 피했다. 그들이 사용한 예들은 성경이나, 농부, 어부들의 일상생활에서 끌어낸 것이었다. 동시에 Bradford의 역사책은 신이 모든 것을 주관하신다는 신앙에 의하여 깊이 영향을 받은 것이다. 그가 쓴 모든 사건들은 "…은 신을 기쁘게 한다."로 시작된다.

*The History of New England*는 John Winthrop(1588-1649)의 저서로 역시 간소한 문체로 쓰여 있다. 그러나 이는 읽기에 훨씬 덜 즐거운 책이다. Winthrop는 Massachusetts만 식민지 최초의 지사였고, 대부분의 청교도 작가들처럼 그의 온 인생을 목사로 봉직했다. 그의 문체는 다소 차갑다. 그는 심지어 커다란 불행을 묘사할 때에도 좀처럼 충격이나 슬픔을 나타내지 않는다. 때때로 그의 간소한 문체의 냉담함은 매우 효과적이다. 다음은 그가 1630년 6월 7일에 New England 해안에 도착했을 당시를 묘사한 글이다.

We had now fair sunshine weather, and so pleasant a sweet air
as did much refresh us, and there came a smell off shore like the
smell of a garden.

모든 청교도 역사가들처럼 Winthrop는 대부분의 사건들은 하나님으로부터의 한 징표로서 보여지는 것이라고 믿었다. 예로서 뱀이 교회 안에서 발견되어 살해되었을 때, 사람들은 이것을 사탄을 제압한 New England 종교의 승리로서 보았다.

최초의 청교도들은 매우 민주적이 아니었다. *The Wonder-Working Providence of Sion's Saviour in New England*(1650)의 저자 Edward Johnson(1598-1672)은 청교도 지도자들에 의하여 제정된 거친 법률을 옹호했다. 그 당시 모든 사람들은 교회 법에 복종해야만 했다. 다른 형태의 기독교 신자들은 뱀으로 혹은 훨씬 더 나쁜 이름으로 불려졌다. 청교도사회는 하나의 신권정치국가였다. 사회의 법률과 종교의 법률이 동일했다. 이 법률을 위반한 자는 엄격한 벌을 받았다. Thomas Hooker (1586-1647)의 *A Survey of the Summe of Church Discipline*(1648)은 청교도 법률에 대한 가장 유명한 진술로 되어 있다. 좀 덜 엄격한 것으로는 John Cotton의 *Way of the Churches of Christ in New England* (1645)가 있다. 사실 1700년대 초쯤에 보다 새로운 청교도사상은 민주주의의 발달에 중요하게 되었다.

식민 초기에 있어서도 몇 작가들은 청교도 신권정치체제에 대항하여 투쟁하고 있었다. Anne Hutchinson(1590-1643)와 Roger Williams(1603-1683)는 보다 자유스런 종교적 환경을 갈망했다. Roger는 Rhode Island 에 자신의 식민지를 창설하기 위하여 나섰는데 특히 주목할 만한 인물이었다. 그의 *Bloudy Tenent*(1644)는 종교적 자유를 위한 주장의 유명한 진술이었다. 그 세계 자유는 '선 그 자체'일 뿐만 아니라 '영혼의 성장과 발달'을 위한 필요한 조건이었다.

New England 사람들은 힘든 초기의 정착기간 중에도 청교도 주의의 절대적 '순수성'(purity)을 유지함에 있어서 매우 성공적이었다. 그러나 미국 인디언들이 더 이상 위험한 존재가 아니었을 때 울창한 숲은 농장이 되었고, 보다 안락한 정착이 이루어졌으며 청교도의 근엄함도 차츰 느슨해지기 시작했다. 변화는 매우 느리게 진행되었고 쉽게 인식되지도 않았다. New England의 Mather가의 초기 역사를 살펴봄으로서 우리는 청교도 전통이 얼마나 점점 약화되어 갔는가를 알 수 있다.

미국에서 자기 가문의 창설자인 Richard Mather(1596-1669)는 전형적인 강력한 청교도 목사로서 굉장한 찬양을 받았다. Richard Mather를 잘 알고 있는 또 다른 설교사는 그의 설교 방법을 모호한 용어를 피하여 매우 명백하고 학구적인 말로 묘사했다. 그의 아들 Increase Mather (1639-1723)는 17세기 말경 분파되어 가기 시작할 때까지 New England 신권정치국가의 지도자였다. 그는 또한 Boston의 North Church의 목사였고, 그 교회는 New England에서 가장 강력했다. 1690년대는 거대한 마법의 공포시대였다. Massachusetts의 Salem 도시에서 젊은 여자들과 외로운 나이든 여인들은 체포되어 마녀로서 재판에 회부되었다. 그 당시 많은 사람들은 악마에게 영혼을 팔았다고 해서 사형에 처해지기도 했다. Increase Mather의 저명한 책 *Remarkable Providences*(1684)는 그 당시의 심리학적 환경에 대하여 많은 것들을 우리에게 말해준다. 이 책은 청교도의 이상한 신앙으로 충만되어 있다. Mather와 다른 청교도들에게 마법과 다른 형태의 악은 절대적으로 모든 생활의 진실한 한 부분이었다.

Increase의 아들 Cotton Mather(1663-1728)는 자기 가문에서 가장 유명한 인물이 되었다. 그는 자신을 광고함에 있어 광적인 천재성이 있었다. 그는 450권 이상의 책을 썼다. 그의 인생에 있어서 어떤 일이 일어날 때마다 Cotton Mather는 종교적인 책을 썼다. 첫 부인이 죽었을 때 그는 *'Death Made Easy and Happy'*라는 긴 설교문을 발간했다. 그의 어린 딸이 죽었을 때 *'The Best Way of Livng, Which is to Die Daily'*를 썼다. 대부분의 이들 작품들은 아주 짧은 것이고 오늘날 우리들에게 거의 관심이 없는 것들이다. 그러나 그의 유명한 *Magnalia Christi Americana*(1702)와 같은 작품은 매우 길며, 여러 권으로 출판되었다. 그의 장문으로 된 *The Angel of Bethesda*(written in 1723)는 '세상에서 출판된 가장 유용한 서적 중의 하나임을 입증'한다고 작가는 확신했다. 그러나 그 책은 너무 길어서 아무도 출판하려고 하지 않았다. Cotton의 Diary는 이상하고 불쾌한 사람의 내적 생활의 명백한 모습을 보여준다. 거의 모든 페이지마다 그는 자신과 하나님과의 특별한 관계에 대하여 말하고 있다. 그가 위통이나 치통으로 고생했을 때 그는 위와 치아로 어떻게 하나님의 법을 위반했는지 생각했다. 만년에 그는 자신의 자식들을 포함하여 자기 주변 사람들의 '증가일로에 있는 사악함'에 대한 충격을 표현했었다.

*Magnalia Christi Americana*의 가장 매혹적인 부분은 Salem마녀 재판의 묘사이다. 그는 이것은 지옥으로부터의 공격이며 온 New England가 지옥의 악령으로 가득 차 있음을 몸소 믿는다고 확신했다. 동시에 그는 마녀재판이 하나의 실수였음을 인정했고, 결국 금지되었음을 다행스럽게 받아들였다.

Cotton Mather의 글은 후기 청교도 작가들이 그들 조상들의 '평범한 문체'로부터 얼마나 멀리 떠나있었는지 보여준다. 그의 언어는 라틴어에서 온 이상한 어휘들로 복잡하게 충만되어 있다. Mather는 자기 문체를 'a cloth of gold'(황금의 천)이라고 말했지만, 보통 사람들은 으레 그의 문체가 읽기에 어렵다고 생각했다.

초기 청교도들의 글에서 우리는 흔히 종교적 주제에 대한 시를 발견한다. Anne Bradstreet(1612-1672)는 최초의 진정한 New England의 시인이었다. 그녀는 *Tenth Muse Lately Sprung Up In America*(1650)는 영국에서 출판된 최초의 New World의 시였다. 그녀의 초기 시 가운데 어느 것도 매우 훌륭한 시는 없다. 그녀의 후기 시는 매력적인 소박함에 담겨 있는데 그녀의 예술적 진보를 보여준다. 그녀는 전쟁과 선장과 왕에 대하여 노래하기를 거부하는 시인이다. 대신 그녀는 우리에게 17세 미국 여성의 마음을 통찰하도록 해준다.

한편 Michael Wigglesworth(1631-1705)의 시는 청교도의 신이 인간을 재판하는 시대의 그림으로 독자를 놀라게 한다. 소리는 흔히 추하지만 이미지는 강력하다.

> No heart so bold, but[A] now grows cold
> and almost dead with fear
>
> . . .
>
> Some hide themselves in Caves and Delves[B],
> in places underground
>
> [A]so brave that it does not become [B]holes dug in hillsides
>
> (The Day of Doom, 1662)

Edward Taylor(1645-1729)의 시는 1937년까지는 미국문학사가들에게 알려지지 않았었다. 그의 시는 청교도 신권정치국가의 마지막 해에 쓰여졌던 것으로 식민지 미국에서 쓰여진 가장 훌륭한 시이다. Cotton Mather처럼 Taylor는 'Puritan Way'의 재생(rebirth)을 희망했었다.

Mather는 보다 강한 사회 지도자를 원했다. 그러나 Taylor는 청교도 신자로서의 내부의 영적인 삶에 관심이 있었다. 그는 그의 독자가 종교적 교리를 '보고, 듣고, 맛보고, 그리고 느끼게' 하도록 풍요롭고 비상한 이미지를 창조하였다. 그는 한 시에서 진정한 종교적 인물들을 묘사하고 있다. 하지만 그런 인물들은 드물다. '마치 젖빛 강에 있는 검은 백조처럼' 때때로 그는 아주 현대적인 느낌을 들려준다. 우주를 창조하는 것에 대한 한 시에서 그는 이 Bowling Alley 안에 있는 누가 태양을 굴렸는가? 라고 묻고 있다.

미국 역사를 통해서 심지어 20세기에 있어서도 종교적 정서에 대한 많은 갑작스런 폭발이 있어 왔다. 그 중 가장 유명한 것은 1730년에 시작된 '대각성'이었다. George Whitefield 같은 목사들은 사람들에게 회개할 것을 설교하며 또 신광(New Light)에 의하여 구원받아야 한다고 설파하면서 지방을 두루 여행했다. Jonathan Edwards(1703-1758)의 설교는 대단히 힘차고, 또 어찌나 놀라웠던지 그의 교회는 흔히 신도들의 비명과 울음으로 가득했다. 그는 말하기를 "당신을 지옥불 위로 내휘두르는 하나님은 마치 우리가 거미를 잡듯 혹은 징그러운 벌레를 불 위에 내휘두르듯이 당신을 혐오한다."라고 말한다. Sinners in the Hands of an Angry God(1733)에 나오는 이 설교는 아직도 문학적 특질도 유명하다. 말년에 이르러 Edwards는 위대한 신학자로 종교철학가로 발전하였다. 그의 Freedom of Will(1754)에서 그는 청교도 신념 위에 기초한 철학을 세우려고 노력했었다.

청교도들은 과학을 "하나님의 물리적 창조의 연구"로서 찬양했다. Edwards는 이 사상을 더욱 발전시켰다. 그는 물리적 세계의 지식과 정신적 세계의 지식 사이에는 하나의 밀접한 관계가 있다고 설파했다. 이 사상은 옛날의 엄격한 청교도 사회와 훗날 과학 연구의 세계와 함께 도 래한 새롭고 보다 자유스런 문화 사이에 교량 역할을 했다.

비록 미국문학이 남부(South)에서는 뉴잉글랜드에서 보다 훨씬 더 느린 속도로 발전했지만, 초기의 몇 문필가들은 언급할만한 가치가 있 다. Virginia에서의 Robert Beverley(1673-1722)는 자연과 사회에 대하 여 지적인 글을 썼다. 그의 *History and Present State of Virginia*(1705) 는 거친 유머와 과학적 관찰과 혼합된 소박하고 명쾌한 문체로 쓰여 있 다. 비록 그가 흑인 노예제도의 강한 변호자였지만, Virginia의 인디언 에 대한 부분은 인종 증오가 전혀 없었다. William Byrd(1674-1744)의 *History of the Dividing Line*은 훨씬 더 흥미 있다. London의 독자들 은 위하여 집필하면서 Byrd는 Virginia의 정착지와 깊은 숲 사이의 변 경(분리선)의 생활을 묘사하기 위하여 유머와 사실주의(realism) 문체 를 사용하여 글을 썼다. 인디언에 대한 그의 의견은 당분간 놀라울 정 도로 자유로웠다. 그는 영국인은 인디언과 싸우기보다는 차라리 결혼 을 해야 한다고 생각했다. 그는 흑인에 대해서도 똑같이 자유스런 견해 를 가지고 있었다. "We all know that very bright Talents may be lodged under a dark skin." 이러한 사상은 분명히 많은 남부의 농장 소유주에게는 공감대를 이루지는 못했다.

16세기와 17세기를 회고해 보면, 이 시기는 유럽의 역사상 격동의 시기였다. 스페인, 프랑스, 네덜란드, 영국 등이 봉건제후를 통일하여 대상업국으로 등장한 것도 이 시기였다. Martin Luther나 John Calvin 같은 청교도 개혁가들이 로마 제국의 몰락이래 유럽을 지배하여 온 중 세기의 교회국가의 권위를 타파한 것도 이 시기였다. 또 인간이 탐구의 정신과 관능의 향락에 각성되어 예술과 학문의 위대한 시대를 만들어

낸 것도 이 시기였다.

수백 년 동안 아메리카 대륙에서 원시적 상태로 자라온 대삼림은 Columbus 이후 유럽에서 찾아온 탐험가, 신부 등 이주민을 맞이했으며, 그들이 거느리고 온 병사나 신부들의 단정한 무장구는 그들이 만난 야만인들의 나체와는 날카로운 대조를 이루었다. 그러나 원시적으로 보인 이들 원주민들은 어린애 같은 속기 쉬운 성질이었지만 Mexico, Peru 등지의 남쪽과 서쪽의 먼 곳까지를 중심으로 하여 Maya족, Aztec 족, 그리고 Inca족을 포함한 고대문명을 이루었다. 백인들이 도착한 이 신천지를 인도라고 생각하여 Indian이라고 불려졌던 원주민은 이미 수세기 전에 아세아 대륙에서 이주하여 온 부유하고 강대한 Mongoloid 인종의 유목 자손들이었다. 그들은 아마 Bering Strait를 지나온 것 같다.

이들 아메리카 대륙의 원주민들은 기독교로 개종시키려던 백인들의 성급한 이상주의에도, 그들의 재물과 땅을 강탈하고자 하는 백인들의 탐욕에도 무방비 상태였다. 300여 년 동안 Indian들은 추방당하고 약탈당하고 착취당했으므로, 미국문학에 있어 그들이 차지하고 있는 역할이란 당신의 실제적 상황에 대한 기록이 아니고, 그 당신의 상황을 상상할 수 있는 하나의 암시(hint)의 역할이다. 어떤 종족이든 환경의 돌연변화 그 정체를 이해할 수 없는 새로운 적에게 부딪치게 되면 급속도로 사라지고 만다는 것이 자연법칙(law of nature)인 것 같다. American Indian이 후퇴하고 고난을 겪었다는 사실은 이 인종이 열등하다는 것을 반드시 증명하는 것이 아니다. Indian은 자기 정복자의 뇌리에다 지울 수 없는 인상(stamp)을 남겨놓았다. Indian은 개인존중주의자였지만 이것은 그가 반역하였기 때문이 아니고, 오히려 이 자연계에 있어

자기의 위치를 받아들여 한정된 자기 사회에 있어서의 자기 위치에 만족했기 때문이었다. 백인 침략자들에게는 Indian이란 제거되어야 할 방해물이었지만, 그들의 상상력에 비친 Indian이란 인간이 자연과 더불어 자유로이 생활함으로써 도달할 수 있는 고결성(nobility)을 상징하는 것이었다. 그러나 Indian의 시가나 산문은 구전으로 남아 있을 뿐이므로 그네들 자신의 생활기록은 거의 남아있지 않다. 그리고 정복자는 그 당시 Indian에 대신하여 그의 사상이나 감정을 기술하는데 흥미가 없었다. 드물게 전승되어 오는 말이나 시(詩)에 풍기고 있는 스토아적인 정적은 그렇게도 빨리 망각된 그 풍족한 문화의 암시를 던져 줄뿐이다.

이 시기에 아메리카 신세계에 이주한 사람들은 사상과 종교, 그리고 문화적 배경 등이 다양해졌다. 이러한 이주민들의 다양 속의 조화성과 조화 속의 다양성이 미국적인 모든 것의 특징이기도 하다. 이것은 초기 이주자들의 국가적, 정치적, 사회적, 종교적 차이에서 온 것임은 두 말할 필요도 없다.

이 모든 차이점을 한 데 묶을 수 있었던 힘은 자유에 대한 열망이었다. 식민지가 원했던 것은 ① 생활을 좀 더 개선하고자 하는 자유, ② 자신들이 원하는 대로 하나님을 경배할 수 있는 자유, ③ 자치할 수 있는 자유였다. 즉 경제적 자유, 종교적 자유, 그리고 정치적 자유가 바로 그네들이 원하는 자유였다. 어떤 의미에 있어서는 미국문학의 전체는 초기 희랍시절에 시작되었던 개인적 자유에 대한 탐색(search for personal freedom)의 계속일 것이다. 개인적 자유는 타인의 자유를 짓밟지 않도록 주의하자는 것이다. 편협과 편견은 바람직하지 못한 것이다. 한 개인의 믿음에 대한 충성심이나 광신도 마찬가지일 것이다.

대체로 17세기 미국 작품들은 예술적 가치가 없었다. 그것들은 그

후에 등장한 문학의 기원을 이해하는데 중요한 단서가 되며 식민지 생활의 생생한 그림이 된다. 식민지 생활이란 유럽적이며, 르네상스와 왕정복구 시절의 생활이며, 왕당파 청교도의 생활이며, Raleigh와 같은 모험가의 그리고 Calvin과 같은 교인의 생활이기도 하다. 그러나 이 생활은 변방지방(frontier)이라고 하는 미국의 황무지와 접촉된 것이기 때문에 유럽적인 삶과는 별도의 것임이 분명하다.

식민지의 문화적 배경 속에 생성된 청교도 문학은 엄격한 Calvin주의와 병적일 정도의 죄의식을 반영하여 영국 국교에 대해서 순응하기도 하고 이탈하기도 하는 모순된 성질의 청교도 정신을 우리에게 보여준다. 이 문학이 소재나 스타일 면에서 지금 우리들의 흥미를 자극하기에는 너무나 낡은 것이지만, 이는 오늘날의 우리 세계에 대해서 대단히 중요한 여러 가지 문제를 내포하고 있다. 그것은 교회와 국가의 관계, 정부 권위의 원천과 그 기능과 그 범위, 그리고 양심의 자유에 관한 토론인 것이다. 청교도 전통은 세월이 지나감에 따라 좋든 나쁘든 미국의 생활과 문학에 지대한 영향력을 미쳐왔던 것이 사실이다.

제2장 신생국의 탄생

18세기 미국에서 가장 기억할 만한 글은 1775~1783년의 기간 동안 미국 독립을 영도했고, 1789년 미국 헌법을 기초한 인물들에 의하여 쓰여졌다. 이 인물들 중 어느 누구도 소설가는 아니었다. 그들은 오히려 실제적인 철학자였으며, 그들 대부분의 전형적인 작품은 정치적인 팜플렛(pamphlet)이었다. 그들은 유럽의 "이성의 시대"(Age of Reason) 혹은 "계몽주의 시대"(Enlightenment)에 있어서 활동을 했고 찬양을 받았다. 그들은 인간의 지성(혹은 이성)은 자연과 인간을 둘 다 이해할 수 있다는 계몽주의 신념을 공유했다. 인간을 죄 많은 실패자로 보는 청교도와는 달리 계몽주의 사상가들은 인간은 스스로 개선될 수 있다고 확신했다. 그들은 정의와 자유에 기초한 행복한 사회를 창조하기를 원했다.

Benjamin Franklin(1706-1790)의 글은 미국 전성기에 있어서의 계몽주의 정신이 깃들어 있고, 가장 낙천적인 문장을 보여준다. 그의 문체는 매우 현대적이고, 심지어 오늘날에도 그의 작품은 즐거운 읽을거리이다. 비록 그가 청교도의 의견에 강하게 반대했지만, 그의 작품은 그들의 "소박한 문체"(plain style)에 귀의하고 있음을 보여준다. 동시에 Franklin에게는 "반문학적"(anti-literary)인 점이 있다. 그는 시를 좋아하지 않았으며, 글은 항상 실제적 목적을 가지고 있어야 한다고 주장했다.

이러한 사상은 그가 겨우 16세였을 때 쓴 그의 최초의 작품 *Dogood papers*(1722)에도 나타나 있다. 이것들은 매우 재미있지만 도덕적 조언(정직을 칭찬하고 술 취함을 공격)으로 충만된 일련의 소품이다. 그의 *Poor Richard's Almanac*(1732-1757)은 이와 비슷한 조언을 제공한다. 농부와 선원을 위한 많은 유용한 정보(다음 해의 기후, 조류 등)가 포함되어 있는 달력은 대중적 형태의 하나의 실제적 문학이었다. 성경, 신문과 함께 이것들은 대부분의 식민지 가정에서 유일한 읽을 거리였다. Franklin은 "Poor Richard"라는 인물을 창조함으로써 그의 달력을 재미있게 만들었다. 매 신판의 달력이 나올 때마다 Richard, 그의 아내 그리고 가족에 대한 소박하지만 사실적인 이야기가 계속되었다. 그는 또한 돈의 저축, 근면에 대한 많은 속담을 써넣었다. 이것들 중 몇몇은 오늘날 대부분의 미국에게 잘 알려져 있다.

Lost time is never found again.
Up sluggard[A], and waste not life; in the grave will be sleeping

enough.

God helps them who help themselves.

^lazy person

1757년에 Franklin은 가장 훌륭한 격언들을 모아서 *The Way to Wealth*
라 불려지는 수필을 엮어내었다. 이 소책자는 서구 세계에서 베스트 셀
러가 되어 여러 나라의 언어로 번역되었다.

그가 성인이 된 후 첫 인생은 서적과 신문 인쇄공으로 일했다. 그러
나 그는 광범위한 흥미를 가진 정력적인 사람이었다. 과학자로서 그는
그 당시 유럽에서 널리 읽히고 찬양 받는 전기에 관한 중요한 논문을
썼다. 그의 많은 발명품들, 작가로서의 인기, 미국 독립을 위한 외교적
활동 등은 그를 세계적으로 유명인사로 만들었다.

비록 Franklin이 많은 글을 썼지만, 거의 모든 그의 중요한 작품들은
매우 짧은 글이다. 그는 미국에서 story-telling 형식의 발달에 크게 영
향을 준 짧은 산문의 양식을 개발했다. 그것은 훗날 Mark Twain에 의
해서 유명해진 "hoax" 혹은 "tall tale"로 불려졌다. "hoax"는 분명히 거
짓말이기 때문에 재미가 있다. 그는 *Wonders of Nature in America*에
서 Franklin은 고래의 웅장한 도약을 자연에서의 가장 아름다운 광경
중의 하나인 Niagara 폭포와 비교하고 있다. 미국 독립기간 동안 그는
이런 유머의 형식을 미국 독립을 위한 힘찬 선전도구로 발전시켰다.

Franklin의 유일한 참된 저서는 그의 자서전 *Autobiography*이다. 이
책의 처음 부분은 1771년에 집필이 시작되었는데, 초기 청년기에 이르
기까지 재미있는 묘사로 되었다. 두 번째 부분은 1781년에 쓰여졌는데,
그때 Franklin은 지친 노인이었고, 그리고 그의 문체도 보다 심각해졌

다. 그는 이제 미국 역사에서의 그가 한 역할을 깨닫고서 자신에 대해서 "for the improvement of others"라고 서술한다. "the father of the Yankees"의 자서전으로서 이 책은 위대한 가치가 있는 서적이다.

　Franklin은 자수성가한 사람으로 그의 능력, 인내, 다재다능성은 그를 당대의 가장 유명하고 성공한 사람으로 만들었다. 그는 인쇄업자이자 신문기자였고, 작가이자 출판업자였다. 그는 유럽에서 추앙 받았던 과학자였고, 발명가로서 가로등과 도로 포장 등의 개량사업을 추진했던 공익사업가였으며, 병원, 도서관, 학교를 세웠다. 그는 정부를 대표하여 영국과 프랑스에 외교관으로 활약한 바도 있다. 그는 동포를 위한 선행을 주도하면서 노예제도에 반대하여 싸웠다. 펜실바니아주 의회 의장직을 세 번이나 지냈고 헌법제정위원회에 그 주를 대표하였다.

　그는 소년시절부터 글을 쓰기 시작하여 실제로 그의 전 생애 동안 문필업에 종사했다. 그는 독립선언서를 포함해서 국가문서를 작성하는데 이바지하였다. 그는 또 풍자문과 유머와 수상을 남겼다. 그는 위대한 문학가가 아니라면 위대한 문필가임에 틀림없을 것이다.

　미국 독립전쟁 돌발 직전의 기간은 온통 정치적 저널리즘의 홍수였다. 이런 현상은 신문보다는 팜플렛의 형식으로 보급되었다. 왜냐하면 팜플렛이 출판하기에 저렴하고, 저자가 원한다면 자기 이름을 밝힐 필요가 없기 때문이었다. James Otis(1725-1783)는 영국정책을 공격함에 있어서 이성보다는 보다 강한 언어를 사용한 미국 초기의 선전자이었다. 기타 다른 친 독립지지 작가로는 John Dickinson(1732-1808)과 John Adams(1735-1826) 등이 있었다. Adams는 후에 미합중국의 제 2 대 대통령이 되었다. 기타 다른 팜플렛 기고가로서 Samuel Seabury (1729-1796)와 Daniel Leonard(1740-1829) 등이 있는데 이들은 친 영국 편의 입장에서 글을 썼다. 이들 대부분은 미국 독립전쟁 후에 미국에서 도망쳐야만 했다.

미국 독립전쟁 시의 가장 위대한 팜플렛 기고가(pamphlet-writer)인 Thomas Paine(1737-1809)은 영국에서 태어났다. 그가 37세였을 때 그는 London에서 Benjamin Franklin을 만났고 미국으로 귀국할 것을 설득 당했다. 그로부터 2년이 지난 후, 그는 미국 역사상 가장 역사적으로 가장 중요한 팜플렛인 *Common Sense*(1776)을 썼다. 이 책의 명석한 사상과 감동적 언어는 영국에 대항하는 미국인의 애국심을 급속히 결속시켰다. 그는 독자 스스로 은밀히 생각해 온 것을 표현하는 것처럼 보였다. 그 당시 식민지 사람들에게 그는 희망과 용기를 불어넣어 주었다. "하나의 대륙(미국)이 일개 섬(영국)에 의하여 영원히 통치되어지는 것은 생각하기에 어리석음이 있다."가 바로 그것이었다. 1776년과 1783년 사이에 그는 *The Crisis*라 불리는 일련의 13개의 팜플렛을 발간했다. *The Crisis I* 은 미국의 지도자 George Washington 장군이 Long Island의 전투에서 패배한 다음날 나타났다. 다음은 Paine의 모든 글 중에서 가장 유명한 구절이다.

These are the times that try men's souls. The summer soldier and the sunshine patriot[A] will, in this crisis, shrink from the service of his country. . . . Tyranny[B], like Hell, is not easily conquered.

[A]person who loves his country in good times [B]unjust rule

Paine은 프랑스혁명에서도 능동적이었고, 유명한 프랑스혁명의 옹호서인 *The Rights of Man*(1791-1792)을 썼다.

*Declaration of Independence*의 주요 집필자인 Thomas Jefferson (1743-1826)은 Paine처럼 미국의 주장을 위한 중요한 문필가였다. Jefferson의 아름다운 문체의 덕택으로 미국 정치사에 있어서 가장 중요한 문서는 하나의 훌륭한 문학작품이 되었다. 비록 이 문서가 전쟁의 와중 속에서 어려운 시기에 쓰여졌지만, 이 독립선언서는 놀랍게도 감정적 호소에서 벗어나 있다. Jefferson은 원문 그대로의 어떠한 시도도 하지 않았다. 오히려 그는 John Locke 같은 철학의 사상에 기초를 세웠다. 이 독립 선언서는 1776년 7월 4일 최종적으로 서명이 있기 전에 86번이나 수정되었다.

독립전쟁이 끝난 직후, Jefferson은 초기 미국의 가장 훌륭한 기술서인 *Notes on the State of Virginia*(1784-1785)를 썼다. 비록 그가 남부인(한때 노예를 소유한)이었지만, 그는 "이들 흑인들이 자유로운 존재라는 것보다 더 분명히 쓰여진 운명의 책은 없다"라고 주장하며 노예제도를 공격했다.

Jefferson은 계몽운동 사상에 의하여 깊이 영향을 받았다. 그는 인간은 세계를 개선하기 위하여 하나님에게 의존할 필요가 없고, 스스로 개선을 하기 위하여 자신의 지혜를 사용해야 한다고 믿었다. 전형적인 계몽운동 사상가로서, Jefferson은 모든 인간성은 본질적으로 선한 것이라고 믿었다. 즉 "자연은 우리의 가슴에 타인에 대한 사랑, 타인에 대한 의무감, 도덕적 본능이 뿌리박게 했다." 한편 그는 도시생활의 상업적 쾌락은 이러한 선을 파괴하는 것이라고 생각했다. 오직 "땅에서 노동하는 자들"만이 진정한 민주적 사회의 기저가 될 수 있다. Jefferson은 새로운 미국 공화국을 위한 강력한 중앙정부를 선호한 "연방주의 자들"의 사고 속에서 미국 민주주의에 대한 또 하나의 위협을 보았다.

(그 당시 몇몇 연방주의자들은 심지어 George Washington을 국왕으로 모시기를 원했다.) 연방주의자들은 쉽게 전복되지 않을 사회와 정부의 형태를 원했다. 그는 심지어 새로운 미국의 혁명이 언젠가 일어날 것이라는 사상을 수용했다. "하나의 작은 혁명은 가끔 좋은 것이다. 그리고 그것은 자연적 세계에서 폭풍처럼 정치적 세계에서도 필요하다."

The Federalist Papers(1787-1788)는 Jefferson의 사상에 반대하는 자들의 중요한 문서였다. 이 85편에 달하는 논문의 필자들은 미국의 역사상 저명한 인사들이다. "극단적 민주주의"에 반대한 강력한 필자인 Alexander Hamilton(1757-1804)은 51편에 이르는 논문은 썼다. 차분하고 명료한 문체로 쓰여진 몇몇 논문들은 오늘날에도 여전히 미국 학생들에 의하여 연구되고 있다.

독립운동기의 미국에서 산문과 시는 정치적 혹은 "실제적" 목적을 지니고 있었다. Philip Freneau(1752-1832)는 아마도 당대의 가장 훌륭한 시인이었다. 그는 또한 정치적 저널리스트였고, 그리고 이것은 그의 초기 시에 깊이 영향을 주었다. 처음부터 그는 강한 애국심을 가지고 미국 독립의 명분과 주의 속에서 글을 썼다. 그의 시 Pictures of Columbus (1771)에서 그는 자연의 음산한 모사를 영국 폭정에 대한 예리한 공격과 혼합시켰다. 독립전쟁 중에 그는 전투에서 전사한 미국의 애국자들에 대하여 다음과 같이 글을 썼다. "죽기 위한 명분 속에서 슬퍼하진 않는 자들"이란 글을 남겼다. 그 자신도 미국 전함을 타고 싸우다가 포로가 되었다. 그는 British Prison Ship(1781)에서 이때의 경험에 대하여 다음과 같이 쓰고 있다.

Hunger and thirst to work our woe[A] combine,
And mouldy bread, and flesh of rotten swine[B].

[A]combine to make us suffer [B]bad pig meat

독립전쟁 후, 그는 연방주의자들에 반대하는 Jefferson을 지지하는 시를 썼다. 최후의 그리고 최고의 단계에서 그는 자연에 대한 시로 전환했다. *The Wild Honey Suckle*(1786)에서 이 꽃은 재빨리 사라져 가는 남의 눈에 띄지 않은 아름다움에 대한 상징이 되고 있다. 이 시의 마지막 시구는 인생의 짧음을 꽃의 그것에 비유하고 있다:

For when you die you are the same;
The space between, is but an hour,
The frail duration[A] of a flower.

[A]easily destroyed life

그러나 Freaneau에게 "죽음은 끊임없는 변화 이상 더 아무것도 아니다." *The House of Night*(1779)에서 그는 다음과 같이 읊고 있다.

Hills sink to plains, and man returns to dust,
That dust supports a reptile[A] or a flower;
Each changeful atom . . .
Takes some new form, to perish[B] in an hour.

[A]small animal [B]decay and die

독립운동기의 시인들은 위대한 영국 시인들의 "신고전주의적" 문체와 주제를 자주 모방했다. 이 문체는 고대 희랍과 로마의 작가들로부터 취했다. 으레 그들은 "이연 시구"(couplets)로 시를 썼지만 또한 "무운 오각시"(blank verse) 같은 다시 형태를 실험하기도 했다. 신고전주의 시인들은 흔히 그들의 시에 구식 언어를 사용했다. "blade"와 "steed" 같은 단어가 보다 평범한 일상용어인 "knife"와 "horse"보다 더 즐겨 쓰여졌다. 불행히도 미국의 신고전주의 신인들은 매우 좋은 시인도 거의 없었고 어느 누구도 위대하지도 않았다.

"커넷티컬트 현인들"(Connecticut Wits)은 문체와 정책 양면에서 더 보수적이었다. 이들은 최초의 미국의 시인 "써클"(Circle)이었다. 비록 그들이 독립전쟁기에 강력한 미국 편 지지자들이었지만, 그들은 Paine과 Jefferson의 민주주의적 철학을 증오했다. 그들 대부분은 정책에 있어서는 연방주의자(Federalists)였고, 종교에 있어서는 칼빈주의자(Calvinists)였다.

John Trumbull(1750-1831)은 3대 커넷티컬 현인들 가운데 가장 훌륭한 풍자시인이었다. 그의 가장 유명한 시는 미국 교육에 대한 비평시인 *The Process of Dulness*(1733)였다. 이 장시는 Tom Brainless의 모험에 관한 시인데, 그는 "악에 대해서 너무 둔감"하기 때문에 대학에 들어갔다는 것이다. 그 후 교사가 된 후, 그는 "쉽고 무관심한 것을 시도했고, 그 자신이 결코 배울 수 없는 것을 가르치려고 했다."(tries with ease and unconcern/To teach what ne'er himself could learn.) 그 시에 등장하는 다른 어리석은 인물로는 Dick Harebrain과 Miss Harriet Simper가 있다. 또 하나의 시(story poem), *M'fingal*(1776)은 Trumbull을 독립운동기에 유명하게 만들었다. 이 긴 익살스런 이야기(story) 시는 Massachusetts 작은 마을을 배경으로 하고 있다. M'fingal은 처음엔 영국인 지지자였는데, 나중엔 미국인이 독립전쟁에 승리할 것이라고 믿는다. 그러나 다른 한 편에서 보면 이 시는 대중이 사용하는 어리석은 말에 대한 풍자이다.

또 하나의 현인(Wits)으로는 Timothy Dwight(1752-1817)가 있었다. 그는 Jonathan Edwards의 손자로서 목사가 되었다. 그는 Alexander Pope(위대한 영국 시인)의 신고전주의 문체로 글을 썼다. 그의 주제는 다소 청교도적이었다. The Triumph of Infidelity(1788)에서 그는 역사를 통해서 하나님의 창조물을 정복하고자 하는 사탄(Satan)의 노력을 묘사하고 있다. Greenfield Hill(1794)에서는 신세계(New World)가 구세계(Old World)보다 훨씬 더 좋다고 독자를 설득하고 있다. 그에게 미국은 행복의 땅이었고, 반면에 유럽은 가난과 전쟁의 땅이었다.

세 번째 유명한 현인, Joel Barlow(1754-1812)는 나머지 현인과는 상당히 다른 모습의 시인이었다. 그는 시를 써서 생계를 유지하기를 희망했지만, 이런 일이 아직도 미국에서는 불가능한 일이라는 것을 곧 알게 되었다. 그의 Vision of Columbus(1787)는 긴 애국시이다. 그는 잉카(Incas)의 문명을 영국 식민지의 문명과 비유한다. 잉카문명은 순수한 인간(mere human) 진보의 최고 성취였다. 그러나 영국문명은 하나님에 의하여 인도된 인간 지성의 은혜를 입은 것이었다. 1807년에 그는 The Columbiad라 불리는 장시를 지었다. 대부분의 현대 비평가들은 이 시는 미국문학에 있어서 최악의 장시 중의 하나라고 하는데 동의한다. 1788년 Barlow는 프랑스에 갔고, 그곳에서 프랑스 혁명의 지지자가 되어서, 프랑스 국왕과 귀족을 공격하는 시를 썼다. 그는 후에 Napoleon의 Russia 공격의 기간 중에 그를 수행했고, Mascow로부터 퇴각하던 중에 폐렴으로 서거했다.

그러나 그의 가장 사랑 받는 시는 정치와는 아무 상관도 없다. *The Hasty Pudding*(1793)은 사람들이 좋아하는 뉴잉글랜드 디저트(hasty pudding)를 만드는 것에 대한 익살스럽고 사실적인 묘사로 되어 있다:

> First in your bowl the milk abundant[A] take,
> Then drop with care along the silver lake
> Your flakes[B] of pudding . . .
>
> [A]in good quantity   [B]small, thin pieces

이런 시를 모의 영웅시(mock-heroic poem)라고 하다. 왜냐하면 사소한 매일 일상적인 것을 묘사하기 위하여, 아주 중요한 주제에나 사용되는 영웅적, 신고전주의적 언어를 사용하기 때문이다. 그래서 그 효과는 흔히 우스꽝스럽고 재미있다.

독립전쟁 직후 여러 해 동안, 드라마에 있어서도 희망찬 태동이 있었다. 프랑스와 스페인 카톨릭 신부들이 인디언들 사이에 종교적 교육을 위하여 드라마를 이용하기도 하였지만, 드라마는 영국 식민지에서 아주 서서히 발전했다. 뉴잉글랜드의 청교도들 그리고 기타 다른 프로테스탄트들은 극장(theatre)은 사람의 도덕에 나쁜 "악마의 창조물"(an invention of the Devil)이라고 믿었다. 청교도 영향을 거의 받지 않은 남부에도 극장은 한두 개 있었다. 미국 최초의 극장은 버지니아주의 Williamsburg에 있었다. Thomas Godfrey의 *Prince of Parthia*(1759년에 출판, 1767년에 상연)는 아마도 직업적으로 상연된 연극 중에서 미국 최초의 연극이었다. 그러나 미국 극장이 흥미를 끌기까지는 미국독립 후 한참을 기다려야 했다.

William Dunlap(1766-1839)은 The Father(1789)로서 성공적인 연극을 한 가장 활동적인 극작가였다. 그의 Andre'(1798)라는 작품은 영국 스파이의 일생을 근거로 했는데 그의 최상의 작품으로 고려된다. Royall Tyler(1757-1826)의 The Contrast(1787)는 미국 작가가 지국의 인물을 이용해서 만든 최초의 comedy였다. 이 연극의 "대조"(contrast)는 Mr. Dimple이라는 어리석은 영국인의 태도와 Colonel Manly라는 미국인의 태도와 대조이다. 젊은 여인의 사랑을 얻기 위한 이 두 사람의 경쟁은 물론 미국인의 승리로 끝난다. The Contrast의 플롯은 그 당시의 많은 영국 연극과 비슷하다. 그러나 이 연극은 전적으로 새로운 인물의 "형" 즉 Yankee를 소개하고 있다. Manly의 Yankee 하인, Jonathan은 여자에 대해서만은 제외하고 지독히 자기 과신의 인물이다. 그는 매우 애국적이고 도덕면에 있어서도 다소 청교도적이다. 그의 언어도 매우 다채롭다. 진정한 민주당원이므로 그는 계급 차별을 완전히 무시한다. 우리는 오늘날 미국 연극과 영화에서 그와 같은 전형적 모습을 아직도 볼 수 있다.

새로운 미국인의 개성의 발달은 또한 J. Hector St. John de Crèvecoeur (1735-1813)의 작품에서 볼 수 있다. 어떤 사람들은 그가 진실로 미국인이 아니며 몇몇 그의 주요 작품들이 영어가 아닌 불어로 쓰여졌다고 반대할 지 모른다. 이것은 사실이다. 그러나 그가 성인이 된 후 대부분의 생활에서 그는 자신이 미국인이라고 생각한 것은 사실이다. 1764년에 그는 New York주에 농부로서 정착했다. 그는 독립전쟁이 돌발했을 때 이에 반대하였고 전쟁이 끝날 때까지 프랑스에 귀국하여 체류했다. 그의 Letters from an American Farmer(1782)에는 미국인의 개성에 대하여 최초의 설명이 들어 있다. 그리고 이 글은 아직도 널리 읽혀지고 있다. 다음의 한 편지에서 그는 이렇게 묻고 있다.

What is this American, this new man? . . . leaving behind him all his ancient prejudices^A, and manners, (he)receives new ones from the new mode^B of life he has embraced^C, the new government he obeys, and the new rank he holds.

^{A}fixed opinions ^{B}way of living ^{C}accepted

Crèvecoeur는 미국을 이상향으로 묘사하지도 않았고, 미국이 이상향이 될 것을 기대하지도 않았다. 그러나 그는 유럽의 오랜 닫힌 사회에서보다, 모든 국민 개인이 새로운 인종으로 용해되는 사회에서 훨씬 더 많은 희망과 건강을 보았다. 동시에 그는 이 행복이 독립전쟁에 의하여 파괴될 수 있을 것이라는 것을 두렵게 생각했다. 그의 *Sketches of Eighteen Century America*(1925년까지 출판이 안되었음)에서 Crèvecoeur는 독립전쟁 기간의 무법천지에서 살해된 사람들의 비극을 묘사하고 있다. 한때 친구 사이였던 이들이 서로의 집에 불을 지르고 서로의 가족을 살해했던 것이다. Crèvecoeur에게 이상적 미국인은 아주 다른 모습이었다. 그것은 이웃과 협조하는 사회인이며 농사를 지어서 생계를 유지하는 순박한 모습이었다.

신생국의 탄생에 있어서 가장 큰 공헌을 한 인물로 Jonathan Edwards, Benjamin Franklin 그리고 Thomas Jefferson을 든다. Robert E. Spiller도 그의 명저 *The Cycle of American Literature*에서 이들 세 사람을 미국문화의 건설자라고 명명했다. 또한 Mildred Silver도 *A Brief History* *of American Literature*에서 이들 세 사람은 18세기 전 시대를 수놓았던 문필가들이며, 20세기 미국의 공통적 삶 속에 각기 다른 세 타입의 인물과 생활태도를 대표했다고 역설한다. 사실 이들을 미국 문화의 형성자라고 말하는데 이의를 제기할 사람은 없다. 그들은 각기 다른 세 종류의 미국인을 대표한다고 말할 수 있다.

제3장 미국문학의 소생

새 공화국의 초기에 있어서 미국문학의 성장 방법에 대하여 의견이 일치되지 않았다. 그 당시에 세 개의 다른 견해가 있었다. 한 그룹에서는 미국문학이 아직도 국민 감정이 부족하다고 염려했다. 그들은 유럽 문화에 기초를 둔 서책이 아니라 국가의 특별한 성격을 표현하는 서책을 원했다. 다른 그룹에서는 미국문학은 너무나 신생문학이어서 영국문학의 전통으로부터 독립을 선언할 수 없다고 생각했다. 세 번째 그룹은 한 국가로서의 문학이란 호칭은 잘못이라고 생각했다. 그들에게 있어서 훌륭한 문학이란 전 세계적인 것이며, 항상 그 문학이 쓰여진 장소와 시간을 초월하는 것이었다. 이러한 논란은 어떤 명확한 결론도 없이 거의 일백 년 동안 계속되었다. 미국문학이 성장하고 만개되면서 가장 위대한 작가들은 구세계와 신세계의 문학의 가장 훌륭한 특질을 결합하는 한 방법을 찾아냈다. 그들은 또한 자기 작품에 위대한 문학의 보편성을 제공했다.

소설은 새로 독립한 미국의 첫 번째 민중 문학이었다. 이것은 놀라운 일이었다. 왜냐하면 거의 미국소설은 독립전쟁 이전에는 쓰여지지 않았기 때문이다. 드라마처럼 소설은 미국의 청교도들에 의하여 "위험한" 문학 형식으로 간주되었기 때문이다. 그 당시 상황으로 소설은 "부도덕"한 사상을 젊은이들의 머리 속에 투입했다. 그러나 영국에서는 청교도 작가인 John Bunyan이 위대한 소설 같은 작품인 *The Pilgrim's Progress*(제1부, 1678)를 출판했었다. 18세기에는 Daniel Defoe(*Robinson Crusoe*), Samuel Richardson(*Clarissa*), 그리고 Henry Fielding(Tom Jones)과 같은 작가들과 더불어 영국 소설이 위대함을 떨친 기간이었다.

미국 독립의 초창기에 있어서 미국 소설은 유용한 목적을 위하여 보답했다. 시와는 달리 소설의 언어는 보통의 미국인에게 직접 이야기하는 것이었다. 그들은 미국인 생활의 실체를 묘사하기 위하여 사실적 묘사를 사용했다. 그들은 미국인이 하나의 단일 국민으로서 그들 자신을 보도록 하는데 기여했다. 그와 동시에 초기의 미국 소설가들은 매우 조심스러워야만 했다. 많은 미국인들은 아직도 소설을 마땅치 않게 생각했다. 사실 최초의 미국 소설인 William Hill Brown의 *Power of sympathy*(1789)는 출판 직후에 "도덕적으로 위험한" 책으로 발간이 금지되었다. 그 결과로서 소설가들은 자기 작품이 수용되도록 힘든 노력을 하였다. 그래서 소설가들은 그들의 작품을 도덕적 충고나 종교적 감정으로 채워넣었다. Susanna Rowson(1762-1824)은 그녀의 *Charlotte Temple*(1791)

을 "진실의 이야기"라고 말했고, 독자로 하여금 "죄악에 유혹된" 젊은 여인의 슬픈 운명에 엉엉 울도록 했다.

Modern Chivalry(1792-1815)는 Hugh Henry Brackenridge(1748-1816)의 작품으로 최초의 중요한 의미가 있는 소설이다. Susanna Rowson처럼 Brackenridge는 "사람들의 태도와 도덕에 있어서의 개혁"을 성취하고자 원했다. 이 소설은 저자가 미국의 "오지" 문화를 비웃는 일련의 모험들이다. 그의 표적은 종교적, 민족적 그룹(퀘이커 교도, 아일랜드인, 인디언)과 관습(노예제도, 검 혹은 총싸움) 그리고 업무(법률, 종교, 의약)를 포함한다. 미국 민주주의의 약점이 또한 묘사되어 있다. 스페인 작가 Cervantes의 작품 *Don Quixote*에서처럼 주인공은 천민 하인을 대동하고 온 나라를 두루 여행한다. 주인공은 도처에서 여러 가지 문제를 경험한다. 비록 이 작품이 미국문학의 잊혀진 위대한 작품 중의 하나라고 불렸지만 *Modern Chivalry*의 어색한 구조와 대화는 오늘날 다소 읽기에 힘들다.

미국의 서부 변경지방을 묘사한 또 하나의 소설가는 Gilbert Imlay(1754-1828)이었다. 그의 *Emigrants*(1793)는 미국문화가 유럽의 해묵은 문화보다 더 자연스럽고, 소박하다는 것을 보여준 초기 미국 소설의 본보기이다. 한 영국 가족은 변경 정착지에서 살기 위하여 미국으로 이사를 한다. 어떤 가족은 그들의 생활방식을 바꾸어 행복을 찾을 수 있음을 볼 수 있다. 한편 다른 가족은 영국사회의 "거짓된" 옛 가치를 고수하다가 망하고 만다.

훨씬 더 흥미 있고 중요한 작품은 Charles Brockden Brown(1771-1810)의 소설이다. 공포의 심리학에 대한 그의 관심은 여러 해 후에 Hawthorne과 Poe 같은 작가들에게 많은 영향을 주었다. 이들 두 작가들처럼 Brown은 복잡한(그리고 흔히 잔인한) 마음을 묘사하는 능력을 가지고 있었다. Brown의 가장 잘 알려진 작품, *Wieland*(1798)는 유럽식 문체로 된 심리학적 "고딕 소설"이었다. 작품 속의 주인공은 공포의 세계 속에서 살고 있다. 살인이 저질러지고 사람들의 말소리가 다른 사람들과 섞여 나오고 또 갑자기 화염 속으로 폭발한다. 그의 모든 작품 속에서처럼, Brown의 소설은 감성적 힘으로 충만되어 있다. "그는 얼굴이 발개져 가지고 당신에게 이야기할 때, 자기 자신의 이야기 한 마디, 한 마디를 다 믿는 것처럼 보인다."라고 한 19세기 비평가는 찬양했다.

유혹은 그의 *Ormond*(1799) 작품의 중심 주제이다. 이 작품에서 악한 호색가는 결국 여주인공에 의하여 살해된다. *Arthur Mervyn*(1799)의 주제는 한 젊은 청년이 악의 세계로 들어가는 서설의 도입이다. 주인공은 범죄의 천재를 포함해서 많은 사람들을 만난다. 그러나 그들 모두가 그를 배반한다. 소설의 종말에 주인공은 남은 여생을 선행을 하며 보내기로 결심하게 될 때, 이 소설은 도덕적이 된다. *Edgar Huntry*(1799)는 Brown의 많은 다른 작품들처럼 공포소설의 요소를 갖추고 있다. 즉 인디언에 의한 수많은 사람들의 살인, 몽유병, 주인공이자 화자인 Huntry의 광기 등이 그것이다. 가장 흥분되는 장면에서 Huntry는 그가 산 속의 사자와 싸워야만 하는 동굴(그는 몽유병으로 걸어 왔다)의 칠흑 같은 어둠 속에서 잠을 깬다. 점점 Brown의 주인공들은 그들이 그들 자신의 인생을 이해할 수도 없고 길을 가르쳐 줄 수 없다는 것을 발견한다. 인생은 비참한 것이며 굴욕적인 것이다. 그것은 인간성의 도덕적 맹목에 의하여 그렇게 된다. 이러한 철학을 가지고서, Brown이 Thomas Jefferson의 낙관적 철학에 반대하는 정치적 팜플렛을 집필하여 말년을 보낸 것은 놀라운 일이 아니다.

Royall Tyler는 연극 *The Contrast*의 저자로서 이미 언급한 바 있는데, 그 또한 이 시대의 가장 훌륭한 사실적 소설 중의 하나를 썼다. 그의 *The Algerine Captive*(1797)의 주인공은 흑인 노예를 미국으로 운반하는 선박에서 근무한다. 그러다가 그 배는 침몰하고 그 자신은 해적에 의해서 노예가 된다. 이 소설의 주제는 노예제도를 지지하는 미국정부에 대한 한 공격인 것이다.

19세기 초에, New York City는 미국문학의 중심지였다. 그곳의 작가들은 "Knickerbockers"라고 불려졌고, 1810년에서 1840년까지의 기간은 미국문학의 "Knickerbocker 시대"로서 알려져 있다. 이 이름은 Washington Irving(1783-1859)의 저서 *A History of New York, by Diedrich Knickerbocker*(1809)에서 따온 것이다. Irving의 책은 New York의 지방 역사에서 많은 흥미를 만들어 냈다. 그러나 그것은 하나의 진지한 역사라기보다는 차라리 익살스런 이야기였다. 그 서문에서 Irving은 글을 쓰는 목적은 고향의 장소와 장면 그리고 낯익은 이름들에 상상력과 변덕스런 연상의 옷을 입히기 위하여 글을 쓴다고 적고 있다. Irving은 실제로 그가 책 속에 써놓은 많은 사건과 전설들을 창안했다. 이 사상은 New York City의 지역에 하나의 특별한 "지방색"을 제공한 것이었다. 그러나 더욱 중요한 것은 이 책이 청교도를 비웃고, 그리고 New York의 초기 네덜란드인 지사들을 조롱하는 코미디의 한 걸작이다. 한 네덜란드인 지사는 거의 말할 것이 전혀 없는 인물로 묘사되어있다. 그리고 그는 뉴욕시의 문제들보다는 자기 자신의 소화불량에 대하여 더욱 근심하는 인물로 그려져 있다.

> It is true he was a man shut up within himself, like an oyster,
> and rarely spoke . . . but then it was claimed that he seldom said
> a foolish thing.

Washington Irving의 다음 중요한 작품인 *The Sketch Book*(1819)에는 미국문학의 가장 사랑 받는 두 개의 이야기인 Rip Van Winkle, 그리고 The Legend of Sleepy Hollow가 실려 있다. 이 두 이야기의 플롯은 옛 독일 민담에 근거를 두고 있다. 그러나 Irving은 이야기들에 New York의 Hudson River Valley의 "지방색"으로 채워 넣고 있다. 오늘날까지도 그가 언급한 진짜 장소들은 그의 이야기들과 연관되어 있다. Hudson Valley 서쪽에는 The Catskill Mountain은 Rip Van Winkle이 이십 년 동안 잠에 떨어져 있던 장소로서 아직도 생각되어지고 있다. 그 도시의 바로 북쪽에 있는 Sleepy Hollow는 어느 날 늦은 밤에 Ichabod Crane이 "Headless Horseman"에 의하여 쫓겨다녔던 장소로서 아직도 유명하다. 그의 다른 많은 이야기에서처럼, 이 이야기의 마지막에서도 Irving은 New England "Yankees"의 개성과 New Yorkers의 개성을 대조시키고 있다. New England 사람인 Ichabod Crane은 우스꽝스런 인물로 되어 있다. 그는 욕심이 많고 미신에 사로잡힌 사람이다. 산 계곡의 밖으로 나와서 그를 기겁하게 하는 "Headless Horseman"은 현실 인물이 아니다. 그는 외부 사람들을 무섭게 하기 위하여 그 지방 New Yorkers에 의하여 창조된 인물이다.

*The Sketch Book*은 모두 32개의 이야기로 구성되어 있다. 대다수의 이야기는 유럽의 주제들, 거의 영국의 주제들이다. 그의 뒤를 이은 많은 중요한 미국 작가들처럼, Irving은 구대륙의 보다 오랜 전통과 풍요

로운 문화가 그에게 많은 이야기의 자료를 제공하였음을 알았다. 그의 이야기에는 진실로 독창적인 것이 거의 없다. 그는 그 책의 서문에서 "우리는 젊다. 그래서 유럽의 나라들로부터 우리의 본보기와 모델을 취해야 한다."라고 설명하고 있다. 그래서 놀랄 것도 없이 많은 Irving의 후기 작품들은 바로 그러했다. *Bracebridge Hall*(1822)은 구식의 영구 시골에 대한 수필집이다. *Tales of a Traveller*(1824)의 이야기들도 유럽에 배경을 두고 있다. 1826년에 Irving은 스페인으로 갔고, 그곳에서 얼마 동안을 살았다. *The Alhambra*(1832)는 그의 걸작 중의 하나인데, 한 커다란 스페인 궁전의 전설을 다시 이야기한 것이다. 그리고 그는 그 궁전에서 수개월 간 살았다. 두 권의 역사책, *The Life and Voyages of Christopher Columbus*(1826)와 *The Conquest of Granada* (1829)는 이 기간 동안에 쓰여졌다.

Irving은 문학을 통해서 생계를 유지한 최초의 미국인이었다. 그는 거의 국내에서만큼 유럽에서 인기가 있었다. 그러나 그의 작품을 비난하는 사람도 많았다. 그는 그 자신이 "감정"과 언어를 자기 예술에서는 이야기나 성격보다 더 중요한 요소라고 생각했다. 그는 이야기를 단지 "내가 내 소재를 스케치하는 하나의 (그림)액자 틀로서" 간주했다. 그가 서거한 후, 그의 명성을 기울기 시작했다. 그러나 오늘날까지도, 우리는 Irving의 이야기와 그 이야기 뒤에 있는 그의 유쾌한 개성에 계속하여 매료된다.

비록 Irving은 위대한 작가로 평가되지 않지만, 그는 여러 가지 훌륭한 업적을 성취했던 사람이었다. 그는 국제적 명성을 받은 미국 최초의 세계주의적인 작가였다. 그리고 그는 미국 최초의 유머 작가였으며, 짧은 이야기를 훌륭한 예술적 형식으로 발전시킨 사람이었다. 그는 미국의 배경, 전설, 역사 등을 상상적인 작품을 구성하는데 잘 활용하였다. 그러나 그는 교훈을 생각하지 않고 오직 독자를 즐겁게 해주려는 마음이 앞섰기 때문에 현실로부터 유리된 낭만적 세계를 창조하였다. 그리고 그는 펜으로부터 모든 수입을 벌어들였던 미국 최초의 전문적인 문필가였다.

다른 Knickerbocker 작가들 중에서 오직 James Kirke Paulding (1778-1860)은 여기서 언급할만한 가치가 있다. 그의 최고의 소설, *The Dutchman's Fireside*(1831)는 미국 식민지에서 하나의 재미있는 풍자이다. 그는 미국 인물들을 훌륭히 조정하지만, 불쾌한 사회적 의견(그는 anti-Indian이며 pro-slavery이다)을 표현하고 있다.

Washington Irving도 기타 다른 Knickerbockers도 진실로 온 나라를 위하여 열변을 토하지는 않았다. 그들에게 미국의 세계는 New York State의 경계선에서 멈추는 경향이었다. 한편, James Fenimore Cooper (1789-1851)는 온 미국을 위한 이야기를 쓰기를 원했다. 비록 그의 책이 위대한 미국문학으로서 보이지 않지만, 그의 책은 미국사회에 대한 많은 사려 깊은 비평을 담고 있다. 30편이 넘는 소설과 몇 편의 비소설의 작품에서, 그는 미국사회의 가장 좋은 부분과 미국인의 개성을 지적했고, 최악의 부분을 심각하게 비난했다. 유럽에서 그는 미국의 Walter Scott로 알려졌다. (Scott처럼, 그는 역사적 세부 사항들로 충만된 모험 소설을 썼다.) 그러나 이 말은 Cooper를 기쁘게 하는 말은 아니었다. 왜냐하면 그는 자기 작품이 완전히 독창적이라고 생각했기 때문이다.

많은 Cooper의 유명 작품들이 그 배경을 New York State에 두고 있지만, 작중 인물들은 단지 "New Yorkers"가 아닌 "Americans"이다. 그는 이러한 미국적 인물형들을 pioneer로, Indian으로 그리고 Yankee

선원으로 묘사했다. 그러나 그들이 직면한 문제는 단지 미국적 문제만이 아니다. 그 문제는 사람들이 어느 곳에서나 직면하게 되는 문제이다. The Spy(1821)는 그의 최초의 성공적 소설인데, 미국 독립전쟁 중에 미국과 영국 양 진지를 왕래하면서 양쪽에 물건을 팔아먹는 인물에 대한 이야기이다. 그는 비극적 인물이다. 거의 모든 사람들이 그가 진실로 간첩(spy)이라고 알고 있기 때문이다. 그러나 일하고 확신하고서 그를 여러 번 거의 살해한다. 사실 그는 George Washington의 최고의 충성스런 정보원이다. 그러나 이 비밀은 거의 끝까지 지켜진다. 임종에 이르기까지 그는 여전히 오해받고, 자기 동포들에게도 불신을 받는다.

The Pioneers(1823)는 Cooper의 유명한 "Leatherstocking" 시리즈의 최초의 소설이었다. 이 작품은 미국이 서부 개척의 이동에 광분하는 기간에 무대를 두고 있다. Natty Bumppo(그는 흔히 Leatherstocking이라고 불려진다)는 시리즈로 된 모든 소설에 등장하는데, 미국문학에서 가장 유명한 인물 중의 하나이다. 그는 전형적인 미국의 개척자이다. 그는 숲에서 살아가고, 사냥하기에 필요한 모든 기술의 달인이다. 그는 비범할 정도로 자연에 대한 심오한 사랑을 간직하고 있으며, 자연을 파괴하는 것을 두려워한다. 인디언을 포함해서 모든 사람들에 대한 그의 동정은 또한 남다르다. 특히 백인과 인디언 사이에 있어서의 인종 갈등은 19세기 말까지 미국에서는 흔한 일이었다. 그러나 저자(Cooper)와 작중 인물 Natty는 그냥 인디언을 증오하는 자들에 대해서 분명히 반대한다. 이들은 항상 가장 악한 류의 미국인으로 보여진다. 왜냐면 그들은 장난삼아서 동물이나 인간을 죽이기 때문이다.

Cooper의 인디언들은 "악한" 인디언들까지도 거의 항상 용감하다. 일반적으로 Cooper는 인디언들을 두 가지 형으로 분류한다. Uncas와

Chingachgook(Natty의 가장 좋은 친구) 같은 "선한" 인디언들은 충성스럽고 애정이 넘친다. 몇 비평가들은 인디언들이 너무나 선량하다고 불평한다. 그리고 Cooper가 인디언들을 "고상한 야만인"으로서 잘못 보았다고 비판한다. 여전히 Cooper의 인디언에 대한 묘사에는 항상 슬픔이 깃들어 있다. 그들은 사라져 가는 인종이며 백인문화의 전진에 희생된 인종이다. 동시에 Cooper는 이것이 다른 인종의 운명이 될 수 있음을 모든 인류에게 경고하고 있는 것처럼 보인다.

The Pioneers에서 우리는 노년의 Natty를 보게 된다. 이제 술주정뱅이가 된 그와 Chingachgook는 젊은 시절의 우아함과 고결성을 상실했다. 그러나 Chingachgook는 죽기 전에 자기 부족의 종교에 귀의함으로써 약간의 고결성을 회복한다. 이 소설은 변경마을의 생활과 사계절을 묘사하는 아름다운 장면들을 지니고 있다. 작가는 역사와 모험과 지방관습 등을 그가 말하는 소위 "a descriptive tale" 속에 결합시키고 있다. The Last of the Mohicans(1826)는 미국의 가장 유명한 소설 중의 하나인데, 훨씬 젊은 연령의 Natty를 보여준다. 이 소설은 action으로 충만된 신나는 이야기이다. 등장인물들은 싸우고, 포로가 되고, 그리고 도망치고 혹은 구조되기도 한다. Mohican족의 Uncas는 그의 종족의 마지막 인물이다. 그는 Natty를 이 소설의 후반부에서 영웅으로 복위시킨다. 그러나 Uncas는 악한 인디언 Magwa에 의하여 살해된다. The Prairie(1827)에서 Natty는 이제 팔십 대의 노인이다. 그는 너무 늙어서 영웅적 자질을 지닐 수는 없다. 그러나 Cooper는 Natty가 일단의 정착민들을 인디언의 새로운 고국으로 인도할 때 성서에 나오는 Moses처럼 묘사하고 있다. 그가 사랑하는 숲은 모두 개간되었고 이제 지금은 농지가 되었다. "문명"으로부터 도피하기 위하여 그는 이제 나무가 없는 평원에서 살아야만 한다.

 The Pathfinder(1840)에서 우리는 청년시절의 Natty를 다시 보게 된다. 그는 Mabel Dunham이라는 아가씨와 거의 결혼할 뻔했으나, 황야의 자기 생활로 돌아가기로 마음먹는다. Cooper는 또한 주인공의 말하는 태도를 바꾸어 일종의 벽지의 철학자로 만든다. 그 생각은 아마도 그를 Mabel에 더 매력적인 인물로 만들어 내고자 했을 것이다. 그러나 이것은 성공적이지 못했고, 이 소설의 대화도 혹독하게 비난을 자주 받는다. *The Deerslayer*(1841)는 20대 초반의 Natty를 보여준다. 비록 그가 최초로 인디언을 살해하는 모습을 보지만, 그의 본질적인 선은 인디언 중오자인 Hurry Harry와 Thomas Hutter와는 대조적이다. 이 소설의 종말에 그는 그 사건이 일어난 15년 후에 그 사건의 현장을 방문한다. 그는 한때 그를 사랑했던 한 소녀의 것인 낡은 조그마한 리본을 발견할 따름이다. 독자는 과거에 대한 Natty의 슬픈 감정을 공유한다.

 황야 위의 "문명"과 시간의 승리는 Cooper에 의하여 아름답게 묘사되어 있다. 그러나 작가로서 그의 약점은 강점만큼 거의 잘 알려져 있다. 그는 강렬한 행동의 장면 혹은 밤중의 공포와 신비에 있어서는 아주 성공적이다. 그러나 그의 인물묘사는 흔히 불만족스럽다. 그의 여성 인물(그가 항상 "females"라고 부르는데)의 묘사는 특히 형편없다. 오직 한두 인물만이 다른 사람과 구별되는 인물로서 흥미가 있다. 우리는 거의 좀처럼 여성 인물들을 깊이 있게 관찰하지 않는다. 사실 거의 대부분의 여성들은 똑같은 관심, 필요한 것들, 즉 집안 청소와 사랑 같은 것을 가지고 있다. 가끔 'Cooper의 action 장면'의 묘사에는 문제점들이 있다. Mark Twain은 그의 유명한 essay *Fenimore Cooper's Literary Offenses*에서 Cooper가 *The Deerslayer*의 장면에서 범한 나쁜 실수에 대해서 격렬하게 공격한다. 일단의 인디언들이 나무에서 강 보트로 뛰어내리려고 한다. 그러나 Cooper의 묘사에 의하면 그 보트는 나무 밑에서 더 이상 길이가 길지 않다. 여전히 Cooper의 어떤 "offenses"도 이야기에 대한 독자의 즐거움을 심각하게 망쳐놓지는 않는다.

Cooper는 또한 미국에서 최초의 해양소설 작가 중의 하나이다. 이들 소설은 낭만주의와 사실주의 둘 다의 요소를 가지고 있다. 그가 날씨의 갑작스런 변화, 바다의 아름다움, 그리고 신비스런 배와 선원들을 묘사할 때 그는 낭만주의 작가이다. 사실주의는 Cooper의 바다에 대한 개인적 지식으로부터 나온다. 그는 젊은 청년시절에 선원이었다. *The Pilot*(1824)는 그 배경이 미국 독립전쟁기로 되어 있다. 이 작품은 바다를 배경으로 한 일종의 Leatherstocking tale로서 격렬한 싸움, 아슬아슬한 도피, 노년의 Natty Bumppo와 비슷한 현명한 노 선원이 등장한다. *The Red Rover*(1827)는 해적모험 이야기로 이 또한 미국 독립전쟁기를 배경으로 하고 있다.

1826년부터 Cooper는 유럽에서 7년을 보냈다. 그러나 그는 영국인이 자기 조국에 대해서 비우호적으로 말하는 태도에 화가 났다. 그래서 이에 대한 방어로 그는 *Nations of the Americans*(1828)를 썼다. 미국에 돌아와서 Cooper는 정치적으로 보수주의자가 되었다. 그의 가족은 농사짓는 귀족이 되었고 이 그룹을 지지하기 위하여 "*Littlepage Trilogy*"를 썼다. 다음 3편의 소설, *The Chainbearer*(1845), *Satanstoe* (1845) 그리고 *The Redskins*(1846)에서 그는 민주주의에서 "common man"의 탐욕을 묘사하고 있다. 그는 미국의 지주 귀족계급의 소멸과 신흥계급인 "money-grabbers"의 대두를 애도한다.

문학가로서 Cooper의 진정한 공헌은 산과 바다의 로망스에서 찾아

볼 수 있다. 그는 소설의 기교란 사실에 얽매이지 않고 중요한 사건, 강렬한 장면, 그리고 고상한 인물들을 그리는 데 있다고 믿었기 때문에, 그의 주인공들은 의도적으로 이상화되었다. 그의 위대한 주인공은 일부는 실생활에서 그리고 일부는 Daniel Boone에서 그 모델을 찾았던, 변경 지방의 신사인 Leather-Stocking이었다. 이는 Cooper 자신의 이상적인 인물로서 그의 초기 작품의 주인공이었다. 그는 모든 시대의 위대한 로망스 작가로서 Dumas와 Scott에 비견되었다. 그러나 우리는 그가 그 시대의 사회적 문제를 깊이 고찰하지 않았더라면 그의 소설이 그렇게 열정적이고 그렇게 당당하게 미국적이 될 수 없다는 사실을 알 수 있다.

Irving과 Cooper의 시기는 제3의 중요한 목소리, 시인 William Cullen Bryant(1794-1878)의 목소리를 들을 수 있다. 비록 그의 조부모가 청교도였지만, Bryant 자신의 철학은 민주적이고 자유주의적이었다. 시인으로서 그는 낡은 신고전주의적 문체를 싫어했다. 그는 유럽의 낭만주의 시인들(영국의 Wordsworth 등)과 의견을 같이 했으며, 새로운 시는 고대의 고전형식과 사상을 단지 복사해서는 안 된다는 생각을 가지고 있었다. 차라리 새로운 시는 옛날의 모형으로부터 결별해야 마땅하다고 생각했다. 새로운 류의 시는 독자로 하여금 그의 감정을 통해서 세상을 이해하도록 도와주어야만 한다. Bryant에게, 다른 낭만주의 시인들처럼 "위대한 시의 샘은 감성"이며, 시의 목표는 새로운 "보다 높은" 지식을 발견하는 것이다.

그의 최초의 위대한 시, *Thanatopsis*(1817)는 청년시절의 Bryant의 심오한 낭만주의 정신을 보여준다. 이 유명한 blank verse된 걸작에서 자연과 죽음은 유연한 비감으로 묘사되어 있다. 이 시의 제목은 희랍어로 "사관"이라는 말이다. Bryant의 견해로는 죽음이란 인간의 절대적 종말이다.

> And, lost each human trace, surrendering up[A]
> Thine individual being, thou shalt go
> To mix for ever with the elements[B],
> To be a brother to the insensible[C] rock . . .
>
> [A]accepting defeat [B]simplest things from which the world is made [C]unfeeling

처음엔 이것은 하나의 차가운, 그리고 무서운 사상처럼 보인다. 그러나 그가 말년의 시에서 설명하는 것처럼, 인간의 생명은 하나의 전체로서 자연의 놀라운 생명의 한 부분이다. 인간의 영혼은 외롭지 않다. 그러나 그가 A Forest Hymn(1825)에서 말하고 있는 것처럼, "이 넓은 우주의 영혼"의 한 부분이다. 거의 모든 그의 시는 아주 방대한 어떤 것의 부분이 된다는 생각에 그의 흥분이 표현되어 있다. The Prairies(1832)는 미국 중서부의 거대한 평지에 대한한 정서적 묘사를 담고 있다.

> . . . Lo![A] they stretch,
> In airy undulations[B], far away,
> As if the ocean, in his gentlest swell[C],
> Stood still, with all his rounded billows[D] fixed,
> And motionless forever.
>
> [A]Look! [B]slight rise and fall of the ground [C]slight rise and fall of the sea [D]waves

*The Flood of Years*와 *The Lapse of Time*과 같은 시에서 Bryant는 유사한 정서로서 시간의 거대함에 반응한다.

Bryant는 또한 심오한 사회적 양심을 가진 작가였다. 신문 편집인으로서, 그는 노동자와 흑인의 권리를 위하여 열심히 싸웠다. *The Indian Girl's Lament* 그리고 *The African Chief*와 같은 시에서, 그는 모든 사람들은 연합하는 특질을 찬양한다. 그러나 오늘날 우리가 큰 즐거움을 가지고 읽는 것은 그의 자연 시이다. 더욱이 이 시는 미국문학을 세계 속에 관심을 끌게 한 "초월주의자" 작가를 위한 길을 마련해 주었다.

Bryant는 소년 시절의 시로부터 만년의 시에 이르기까지 시에 있어서는 별다른 변화를 일으키지 않았던 극소수의 시인 중의 한 사람이었다. 그는 미국의 아류 시인의 한 사람이었지만, 그는 시의 문체, 여러 가지 시 형식의 숙달, 품위 있는 자연의 취급, 그리고 인간 운명의 성찰 등으로 오래 기억될 시인이다. 그는 신고전주의의 메마른 형식으로부터, 미국 낭만주의 시인들의 길을 열어주었고 독창적인 시의 형식으로 미국 시를 인도했다.

비록 문학이 북부에서 보다 남부에서 훨씬 더 느리게 발전했지만, 소수의 중요한 작가들이 있었다. *Swallow Barn*(1832)에서 John Pendleton Kennedy(1795-1870)는 그의 청년시절의 옛 남부 사회를 회상한다. 기타 소설에서도 Kennedy는 Sir Walter Scott의 작품에 크게 영향을 받았다. William Gilmore Simms(1806-1870)는 최고의 "옛 남부의 로망스 작가"로서 Scott의 찬양자이다. 그러나 그의 가장 훌륭한 소설 *The Yankees*(1835)에서 그는 고도로 독창적인 문학작품을 창조했다. 그의 주제는 백인사회의 전진에 의하여 서서히 파괴되어 가는 한 인디언족이다. 인간에 더 많은 관심을 가진 Cooper와 달리, Simms는 인디언 사회를 하나의 전체로서 묘사한다. 그들의 관습과 철학이 세부적으로 연구되어 있다. 이 책은 문학 겸 역사이다. Simms는 "진실한 역사가는 오직 예술가이다."라고 주장한다.

제4장 미국의 르네상스

18 30년대 그리고 1840년대에 있어서 미국 사회의 프런티어(변경정책)는 급속도로 서부로 이동하고 있었다. Brackenridge와 Cooper의 길을 따라가면서 미국 작가들은 미국생활에 대한 문학의 사상을 얻기 위하여 서부 변경을 바라보기 시작했다. 그러나 동부 해안의 도시에서는, 대서양 공동체로의 국가에 대한 낡은 이상은 아직도 매우 활발했다. 그래서 Massachusetts와 Virginia의 문화가 국가문화의 모형이 되어야 한다는 정서가 팽배해 있었다.

이때 Boston과 그 이웃 도시와 마을들은 지적 흥분과 활동으로 충만되어 있었다. Cambridge 근교의 Harvard는 이 이상 더 교육에 깊은 관심을 가진 유일한 장소는 아니었다. 강력한(지금은 다소 보수적인) 힘을 가진 *North American Review*지는 Harvard 교수인 Edward Channing에 의하여 1818년에 창립되었는데 분주히 사상을 전파하고 있었다. 그리고 1826년 이후 순회여행 강연자들은 문화와 과학에 대한 지식을 도시와 New England 시골에 가져다 주었다. 그 당시 Useful Knowledge Society와 National History Society 그리고 Mercantile Library Association 등이 있었다. 그들 덕택으로 많은 New England 사람들은 정규 강연참석자가 되었다.

젊은 사람들 사이에 "새로운 정신의 시기"에 대한 많은 담론이 있었다. Boston의 젊은 지성인들은 옛 애국심에 불만을 느끼고 있었다. 미국의 힘과 부는 그들의 관심을 끌지 못했다. 그들은 내적 생활을 탐구하고자 원했다. 그들은 희랍, 독일 그리고 인도 철학자들을 연구했다. 많은 사람들은 그들의 생활과 감정을 일기에 담았다. 어떤 사람들은 채식주의나 나체주의자가 되기도 하였다.

이 운동의 중심에는 초월주의자들이 있었다. 그들은 철학의 체계보다는 오히려 감정과 신념의 운동을 형성했다. 그들은 그들 선조의 보수적인 청교도주의와 보다 새롭고 자유로운 일신교 신앙을 다 거부했다. 그들은 종교를 "부정적인, 냉정한, 생명력이 없는" 것으로 보았다. 비록 그들이 그리스도를 가르침의 지혜로서 존중했지만, Shakespeare와 위대한 철학자의 작품을 똑같이 중요한 것으로 생각했다.

초월주의자들은 논리를 통해서 보다는 오히려 감성과 직관을 통해서 진리를 발견하려고 노력했다. Orestes Brownson은 초기 초월주의자인데, 그는 이 운동을 "직관적으로 진리를 깨닫는 능력에 대한 인간 내부의 인식—감각을 초월하는 지식의 질서"로서 정의했다. Henry David Thoreau는 이를 더 단순하게 "지혜는 검열하지 않는다. 그냥 바라다

본다."라고 표현한다.

초월주의자들은 하나님을 인간에게서, 자연에서 도처에서 발견했다.

> Sea, earth, air, sound, silence,
> Plant, quadruped^A, bird,
> By one music enchanted^B,
> One deity^C stirred.
>
> ^Aanimal ^Bheld by magic ^Cgod

(RALPH WALDO EMERSON)

많은 면에서 자연 그 자체는 그들의 "성서"였다. 새, 구름, 나무 그리고 눈은 그들에게 특별한 의미를 가지고 있었다. 이것들과 같은 자연의 이미지는 일종을 언어를 창조했다. 이 언어를 통해서 이미 인간의 영혼 속에 심어진 사상을 발견했다.

> All things in Nature are beautiful types to the soul that will
>   read them.
>   . . .
> Every object that speaks to the senses was meant for the soul.

(CHRISTOPHER CRANCH)

1836년에 Ralph Waldo Emerson(1803-1882)은 "Transcendental Club"을 창설했다. 이 클럽의 잡지인 *The Dial*지는 모호한 혹은 우둔한 사상에 대하여 자주 비난을 받았다. 여전히 이 잡지는 초월주의자들의 사상과 감정의 진정한 목소리였다. 한동안 이 운동은 하나의 실험 공동체인 Brook Farm Institute를 가지고 있었다. 그러나 이 공동체는 초월주의 자들이 두 개의 그룹 즉 사회개혁에 관심을 가진 그룹과 인간 개인에 더 많은 관심을 갖는 그룹(Emerson과 Thoreau)으로 분류되었을 때 끝이 나고 말았다.

1836년에 Emerson은 초월주의자 사상의 가장 명쾌한 진술인 *Nature*를 발간했다. 이 책에서 그는 인간은 자연을 단지 이용할 어떤 대상으로 보아서는 안되며, 인간과 자연과의 관계는 유용의 사상을 초월한다고 진술했다. 그는 사물을 오직 감각에 따라 판단하는 이해(Understanding)와 이성(Reason) 사이의 중요한 차이를 보았다.

> When the eye of Reason opens . . . outlines and surfaces become transparent and are no longer seen; causes and spirits are seen through them. The best moments of life are these delicious awakenings.

이 책(Nature)의 낮은 판매는 초월주의자들의 회원 수가 정말로 얼마나 적은가를 보여주는 것이다. 1837년에 Emerson은 Harvard 대학교에서 *The American Scholar*라는 유명한 연설을 했다. 그는 전통과 과거의 영향을 공격했고, 미국의 창조력의 새로운 분발을 요구했다. 그에게 학자라는 말은 책을 학습하는(book learning) 사람이 아니라 독창적 사상가를 언급하는 것이었다. 이런 사람은 책이 아닌 직관과 자연의 연구를 통해서 자신을 안다는 것이다.

키가 큰 미남인 Emerson은 일신교(Unitarianism)의 목사로 그의 생애를 시작했다. 그가 목사직을 그만두고, 기독교를 떠난 후까지도 그는 일종의 설교자(preacher)로서 남아있었다. 그 당시 그는 굉장히 인기 있는 연사였다. 처음에 그는 그의 일지에 사상들을 예금(deposit)했다 (이것을 그는 '나의 은행통장'(my bank account)이라고 불렀다.). 그리고 난 다음, 일지 속에 있는 주석들로 강연을 작성했다. 다음엔 이 강연으로 수필을 작성했다. *Self- Reliance*(1841)는 가장 유명한 강연/수필 중의 하나이며 오늘날에도 미국 고등학교에서 널리 읽혀지고 있다. 이 수필은 대부분의 미국인에게 친숙한, 기억할 만한 어구들로 충만되어 있다.

To believe in your own thought, to believe that what is true for you in your private heart is true for all men, that is genius[A].

To be great is to be misunderstood.

A foolish great consistency[B] is the hobgoblin[C] of little minds.

[A]special and unusual power of the mind [B]not changing one's mind [C]spirit that plays tricks and misleads

이와 똑같이 중요한 Emerson의 수필은 *The Over-Soul*(1841)이다. "Over-Soul"은 "인간의 특별한 존재 안에 내포되어 있는 통일체이며 모든 사물과 함께 하나가 되는 것이다." 그 통일체로부터 모든 사상과 지성이 나온다. "우리는 우리가 생각하는 것을 결정하지 못한다. 우리는 오직 우리의 감각만을 열어놓고 바라볼 지성을 허용한다."

그의 수필 *The Poet*(1844)에서 Emerson은 시인을 "완전한 인간"

(complete man)으로 묘사한다. 시인은 우리를 낡은 생각으로부터 해방시킨다. 좋은 시는 우리가 "경이의 계단에 의하여 낙원에 오르는"것을 도와준다." Emerson은 시의 형식은 사상에서 성장해야 한다고 생각했다. 이것은 모든 시가 "그 자신의 건축물을 가지고" 있기 때문이다.

Walt Whitman 만큼, Emerson도 미국 시가 새로운 가능성에 열려지도록 도와주었다. 그의 시는 흔히 어색하고 비음악적이라고 비난을 받는다. 그러나 그에게 시는 항상 즐거운 소리를 생산해야 하는 것은 아니었다. 거친 소리도 귀를 놀라게 하기 위하여 이용될 수도 있었다. 그는 또한 국민에게 아주 새로운 시적 소재를 소개했는데, 그것은 우리가 죽을 때마다 항상 이 세상에 다시 태어난다는 Hindu 사상이었다. 이것은 그의 *Brahma*의 주제이다.

> If the red slayer think he slays[A],
> Or if the slain[B] think he is slain,
> They know not well the subtle[C] ways
> I keep, and pass, and turn again.

[A]kills [B]killed(person) [C]clever and hard to understand

그러나 아마도 그는 *Concord Hymn*의 저자로 가장 잘 알려져 있다. 이 시는 미국 독립전쟁기 중에 있었던 Battle of Concord를 찬양하는 내용이다. 첫 번째 stanza의 마지막 시구는 대부분의 미국인에게 낯익다.

> By the rude[A] bridge that arched the flood[B],
> Their flag to April's breeze unfurled[C],

Here once the embattled^D farmers stood

And fired the shot heard round the world.

^Arough ^Briver ^Copened out ^Dunder attack

Emerson의 원숙기의 이야기는 주로 끊임없는 강연, 강연 여행, 그리고 그 강연으로부터 저술로 이어진다. 그는 세계적으로 존경을 받았고, 그의 말을 이해하거나 이해하지 못하는 비신도들까지도 그를 좋아했다. 만년에 가서 그의 일은 너무나 벅찼고, 더욱이 화재로 집이 소실되었던 1872년 이후부터는 그의 기억력도 감퇴하기 시작했다. 그의 마지막 저서들은 가족과 친구들이 그의 나머지 강연 등을 묶어서 만든 것들이다.

오늘날 Emerson에 대해서 호의적으로 말하는 것이 일반적인 추세이다. 그러나 그의 낙관론은 우리의 비극적 시대를 감당하기에는 너무나 피상적인 것으로 생각되었으며, 그는 악에 대해서 눈을 감은 채 현상 그대로의 세계에 대해서 눈을 감은 사람의 낭만주의자로 생각되었다. 만일 그가 이런 그의 태도에 대해서 대답해 보라고 강요당했더라면, 그는 아마도 비평가들에게 다음과 같이 대꾸했을 것이다. "그러나 말이게, 참된 세계는 감각의 가촉적인 세계가 아니라, 영원의 세계이네." 그는 홀로 우뚝 서서 자신의 사상을 전개하면서 언제나 모든 사람의 영혼 속에 깃들어 있는 성령을 의식한 반항자였다.

Boston에서 서쪽으로 30마일 떨어진 곳에 Emerson의 Concord 고향에 살았던 또 하나의 문학적 거물은 Henry David Thoreau(1817-1862)이었다. Thoreau는 Harvard에서 청년시절에 *Nature*를 읽고서 깊이 영향을 받았었다. 그리고 그는 그의 전 생애 동안 순수한 초월주의자로 남아있게 되었다. 그와 Emerson은 많은 비슷한 견해를 지니고 있었고 심지어 모습도 비슷했다. 그래서 그는 2년 동안 Emerson의 집에서 살았다. Emerson은 자주 말하기를 이 젊은이의 사상이 자신의 사상을 계속하여 이어가는 것처럼 보인다고 말했었다. 그러나 여러 해를 지나면서 이러한 관계는 점점 더 어렵게 되어갔다. 1853년에 Thoreau는 Emerson은 "내가 이미 알고 있는 것을 말한다."라고 두 사람의 만남에 대하여 글을 썼다. Thoreau는 시간을 낭비했다는 생각이 들었다.

Emerson처럼, Thoreau는 그가 주의깊이 써놓은 일지의 주석으로부터 강연과 책을 만들어 냈다. "나의 일지는 나에게 엎질러지고 낭비되는 것이다."라고 말했지만 그가 일지와 책 속에 써놓은 것은 Emerson보다 훨씬 더 생기발랄한 문체였다. 그러나 Thoreau는 경험을 쌓은 나무꾼이었다. 그래서 그의 작품은 식물, 강, 그리고 야생생물에 대한 세부사항들로 충만되어 있다.

1846년에 Thoreau는 인두세의 납부를 거부했기 때문에 체포되어 하룻밤 동안 투옥되었다. 이것은 미국 남부에서 노예제도를 허용한 미국 정부에 대한 항의였고, 또 Mexico와의 전쟁에 대한 항의였다. 그는 *Civil Disobedience* (1849)라는 수필에서 그의 투옥의 경험에 대해서 다음과 같이 글을 썼다.

As I stood considering the walls of solid stone . . . and the iron grating[A] which strained the light, I could not help being struck with the foolishness of the institution which treated me as if I were flesh and bones, to be locked up . . . Ad they could not reach me, they had resolved[B] to punish my body.

[A]crossed bars [B]determined

이 작품의 주제, 즉 "우리가 먼저 인간이 되어야 하고, 그 후에 주체가 되어야 한다."는 이 철학은 Tolstoy, Gandhi 그리고 Martin Luther King에게 커다란 영향을 주었다. 아마도 이 작품은 국외에 알려진 가장 유명한 미국의 수필이다.

1845년에서 1847년까지 Thoreau는 Concord로부터 수마일 떨어진, Walden Pond의 북쪽 호반에 스스로 지은 오두막에서 혼자서 살았다. 그곳에서 기거하는 동안, 그는 A Week on the Concord and Merrimack Rivers를 썼다. 이 책은 그가 한때 형과 함께 떠났던 강 여행에 대한 이야기를 중심으로 느슨하게 엮여져 있다. 대부분의 소재는 실제로 그의 일지에서 나온 것이었다. 한 비평가는 이 책은 "책이라기보다는 한 무더기의 좋은 소품이다"라고 말했다. Concord강 상에서의 물고기 목록, Homer의 시, 소리(음)에 대한 초월주의자의 의미 등 여러 가지 논의가 이 책 속에 들어 있다.

그 후 1854년에 Thoreau는 이 호숫가 오두막에서의 체류에 대하여 쓴 세계적으로 유명한 Walden을 썼다. 이 작품 자체의 기이한 면에서, 이 작품은 미국문학의 가장 위대한 작품 중의 하나이다. 피상적인 면에서, 이 작품은 숲에서 홀로 사는 실제적인 면에 대해서 식물, 동물 그리고 그곳 숲에서 발견한 곤충, 그리고 계절의 변화 등에 대하여 이야기하고 있다. 그러나 사실, 이 작품은 전적으로 초월주의자의 작품이다. 저자는 "눈에 보이는 현세를 통해서 눈에 보이지 않는 영계에서 살려고 시도하고, 일시적 현세를 통해서 영원의 세계에서 살려고 노력하는" 인물이다. 그는 보통사람들이 일생동안 갈망하는 것들, 예를 들면 돈이나 재물들을 거부한다. 그 대신 그는 진정한 지혜의 탐구를 강조한다. 즉 "문명이 우리의 가정을 향상시켰지만, 문명은 똑같이 그 속에 살고 있는 우리 인간을 향상시키지 못했다."는 것이다. 진정한 즐거움은 오직 우리가 모든 불필요한 것들을 다 집어던져 버릴 때 온다는 것이다. 그는 그의 작은 집을 묘사하여 말하기를 "나의 가장 좋은 방은 항상 친구를 위하여 준비된 것인데 내 집 뒤에 있는 소나무 숲이다."라고 말한다. Walden은 사람들에게 진지하고, 즐거운 삶을 영위하도록 격려하는 희망에 찬 책이다. 작가는 이 세상을 "편리한 것보다는 더 경이로운 것으로, 유용한 것보다는 더 아름다운 것으로 본다."

Thoreau의 시는 Emerson의 시보다 훨씬 덜 중요하다. 그가 "나의 인생은 내가 써온 시이다. 그러나 나는 시로 살거나 이를 언급할 수 없었다."라고 글을 쓴 것을 보면 이런 사실에 대하여 사과하는 것처럼 보인다. 그러나 많은 그의 산문은 시처럼 들린다. 몇 편은 오늘날 미국문학에서 유명한 어구로 남아있다.

The mass of men lead lives of quiet desperation[A].
As if you could kill time without injuring eternity[B].

[A]lost hope [B]time without end

1850년대를 통해서, 과학에 대한 그의 관심은 증가일로이었다. 그러나 그는 항상 자신과 과학적인 박물학자 사이에 하나의 근본적 차이를 느꼈다. 1853년에 그는 "인간은 자연을 직접 바라다 볼 박물학자가 될 수 없다. 자연은 과학자에게 돌을 던진다."라고 썼다. 또한 이때쯤, Thoreau는 노예 폐지론자에 깊이 관심을 가졌다. 그의 집은 반 노예제도 단체를 위한 회합장소가 되었다. 그는 노예 해방을 도와주는 단체의 적극적인 회원이었다.

그 당시 또 다른 군소 초월주의자 시인과 작가가 있었다. 이들 중 하나는 Amos Bronson Alcott(1799-1888)인데, 미국 교육에 있어서 중요한 선구자이며, *Conversation with Children on the Gospels*(1836)의 저자이다. 그의 교육방법은 어린이를 교육함에 있어서 "어린이의 총명함을 신뢰한다."는 것이었다. 그의 가장 큰 성공은 그의 딸 Louisa May Alcott(1832-1888)에 관한 일이었다. 후에 Louisa는 *Little Women*(1868-1869)을 썼는데, 이것은 자신의 가족과 똑같은 가족에 대한 것으로 매우 유명하고 매력적인 소설이다. 1840년에서 1842년 간 초월주의자 잡지인 *The Dial*지의 편집인 Margaret Fuller(1810-1850)는 19세기 미국 문학에 있어서 또 하나의 중요한 여성 대변자이다. 그녀의 *Woman in the Nineteenth Century*(1845)는 여성의 평등권에 대한 강한 요구였다. William Ellery Channing(1818-1901)은 Thoreau의 친밀한 친구로서 가장 잘 기억되어진다. 그의 *Thoreau, the Poet- Naturalist*(1878)는 미국 전기 가운데 걸작이다. George Ripley(1802-1880)와 Theodore Parker (1810-1860)는 초월주의 운동을 사회 개혁을 향하여 이끌어 갈려고 시도한 초월주의 작가들이었다.

초월주의자들에게도 그들의 적들은 있었다. Oliver W. Holmes(우리가 다음 장에서 보게 되는데)는 그의 *After-Dinner Poem*(1843)에서 초월주의자들에게 잔인한 공격을 가했다.

Portentous[A] bore[B]! their "many-sided" man —

. . .

Deluded[C] infants! Will they never know
Some doubts must darken o'er the world below?

[A]wanting to sound important [B]dull person [C]deceived

Thoreau는 그의 독창성, 명백하고 뚜렷하고 특징적인 산문, 함축성 있는 인용구, 그의 기질, 그의 다채로운 비유 등으로 정직한 사상가들로부터 소중하게 여겨지고 있다. 그는 이기심도 없고 타인의 한계도 침해하지 않았던 진정한 개인존중주의자였다. 그는 고결한 인격을 갖추었고, 그 말이 의미하는 정직, 신념과 직업에 따르는 행동, 직심 등의 모든 자질을 갖춘 인물이었다. 오늘날 비평가들은 *Walden*을 Hawthorne의 *Scarlet Letter*, Melville의 *Moby-Dick*, Emerson의 *Essays*, Poe의 *Poems*, Whitman의 *Leaves of Grass* 그리고 Mark Twain의 *Huckleberry Finn* 과 함께 미국 6, 7권의 위대한 고전 중의 하나로 손꼽고 있다.

Nathaniel Hawthorne(1804-1864), 또한 "세상을 어둡게 하는" 회의를 무시한 초월주의자들을 공격했다. 그의 *Celestial Railroad*(1843)는 기독교인과 John Bunyan의 *Pilgrim's Progress*의 주인공에 대한 아이러니컬한 단편소설이다. Bunyan의 소설에서 기독교인은 맨발로 인생의 고달픈 길을 여행해야만 한다. 여행 도중에 그는 고통, 죄 그리고 의심과 같은 인생의 문제들을 만나게 된다. 그러나 Hawthorne의 소설에서는 Celeatial City(하늘)로 가는 기독교인의 여정은 훨씬 더 간단하다. 즉 철로가 곧바로 그를 하늘나라로 데려다 준다. 철로는 인간생활에 있어서의 초월주의자들의 실패를 상징한다. 기독교인의 여행은 차가운 물의 호수("현실")로 그 자신이 던져짐으로써 끝이 난다. Hawthorne의 이야기는 우리가 *The Celestial Railroad*에서 볼 수 있는 바와 같이 으레히 강한 우화적 특질을 가지고 있다. (한 현대 비평가는 "그의 반은 우화의 세계 속에 들어가서 결코 밖으로 나올 수가 없다"라고 불평을 한다.)

Hawthorne은 항상 자연 속의 인간에 대해서라기보다는 사회 속의 인간에 대해서 글을 쓴다. 그의 작중인물들은 다른 사람들과 먼 거리를 유지하는 어떤 비밀스런 죄와 문제를 늘 가지고 있다. 그들은 오만과 시기심 혹은 복수욕에 의하여 고통을 받는다. 인간 마음의 어두운 면에 대한 이런 관심은 Hawthorne으로 하여금 Gothic 소설가들과 비슷한 이야기를 창작하도록 하는 원인이 된다.

Hawthorne은 자기 인물들의 심리를 주의 깊게 묘사한다. 외로움과 황폐함은 그의 첫 번째 소설 *Fanshawe*(1828)의 주제들이다. 이 작품은 위대한 작품을 창작할 수 있기 전에 죽는 한 젊은 천재에 대한 이야기이다. 이 소설은 그 당시 아직도 인기가 있는 Gothic 소설을 모방하려 한 것이며, Hawthorne 그 자신도 이 소설이 실패작이라고 생각했다. *Twice-Told Tales*(1837)의 출판과 함께, 그는 단편소설에 대한 그의 탁월함을 보여주었다. 단편소설 중의 하나인 *The Minister's Black Veil*은 그의 모든 작품에 흐르는 고독과 죄의 주제를 내포하고 있다. 한 New England 목사는 모든 인간의 가슴속에 숨어있는 악의 상징으로서 검은 베일을 두른다. 그는 그의 남은 여생 동안 검은 베일을 두른다. 그러나 그것은 자신과 사회를 분리시키며 또 자신과 여인의 사랑을 떼어놓는 것이다. 작가는 *Wakefield*(1835)와 *Lady Eleanore's Mantle*(1838)의 소설에서 고독과 소외의 이 주제들을 반복하고 있다.

Mosses from an Old Manse(1846)는 이 작품 안에 *The Celestial Railroad*가 나타나는데, Hawthorne의 가장 훌륭하고 유명한 몇 편의 이야기가 들어 있다. *The Birthmark*(1843)와 *Rappaccini's Daughter* (1844)는 미국소설에 있어서 "미친 과학자" 이야기의 최초의 본보기이다. 이 두 이야기는 인생의 신성한 신비에 방해가 되었을 때 망가진 지성인에 대하여 말하고 있다. *Young Goodman Brown*(1835)에서 주인

공은 자기 마을의 모든 사람들이 악마 숭배자들이라고 믿는다. 실제로 그는 다른 사람들의 죄를 꿈꾸는 것에 의하여 자기 자신의 죄를 숨기고 있다. 또 하나의 단편소설인 *Image*(1851)에서 *Ethan Brand*(1851)의 주인공은 자신을 불 속에 던져 자살한다. 그는 "용서받을 수 없는 죄"를 탐구했고, 그리고 그것을 자신의 영혼 속에서 찾아냈다. 그의 "방대한 지적 발달"은 그의 마음과 가슴 사이의 균형을 파괴했다. 비록 그가 개인적으로 청교도의 인생관을 공유하지 않았지만, 죄의 문제는 이 작가의 작품 속에서 공통된 문제이다.

Hawthorne의 최고의 작품은 으레 과거 17세기 New England의 청교도에 대한 강한 감정을 지니고 있다. 이 시대가 바로 그의 걸작으로 고려되는 *The Scarlet Letter*(1850)의 배경이다. 이 작품은 Hester Prynne과 청교도 목사 Arthur Dimmesdale과의 간음에 대한 결과의 연구이다. Hester는 자신은 간음녀(간부)라는 것을 세상에 보여주는 붉은 글자 "A"를 그녀의 옷에 달도록 강요된다. Hester의 남편은 Dimmesdale의 마음과 영혼을 파괴함으로써 복수를 하려고 노력한다. Hester가 낳은 아이의 아버지인 Dimmesdale은 그의 죄를 감추려고 시도한다. 결국 그는 자신의 죄를 고백하고 하나님을 찬양하며 그 후 곧바로 죽는다. 이 소설의 주제는 벌을 피하기 위하여 죄를 감춘다는 것은 소용없는 일이라는 것이다. 이 소설은 Hester의 행동과 그녀의 사랑은 정말로 죄스런 것인가 하는 의문을 제기한다. 작가는 어떠한 명확한 답도 주지 않는다. 그러나 이 소설의 말미에서 Hester의 "A"는 모든 사람들의 죄를 상징하는 것처럼 보인다.

Hawthorne의 *House of the Seven Gables*(1851)는 모든 미국 고등학교에서 읽혀지고 있다. 17세기에 Pyncheon가의 창설자는 무서운 죄

를 범했다. 이 고대의 유죄의 "저주"는 마침내 19세기에 있어서의 가정을 파괴한다. 이 소설은 진실로 하나의 우화이다. 각 등장인물들은 서로 다른 기질을 나타내고 있으며, 각 에피소드는 이 기질들을 보여주기 위해서 사용되어 있다. 이 소설의 효과는 극적인 것보다 더 그림 같은 데 있다. 장면들은 독자의 마음속에 오래되어 검은 사진들처럼 남아있다.

The Blithedale Romance(1852)는 초월주의자들의 Brook Farm 공동체에 대한 비난이다. The House of the Seven Gables가 과거의 악을 수정하는데 실패한 것을 공격한데 반해, 이 책은 현대의 개혁자들의 과오를 공격하고 있다. 많은 비평가들은 이 책의 기교적 실험을 칭찬한다. 예를 들면 이야기가 진행되면서 화자가 배워 가는 방법 등이다. Hawthorne의 Marble Faun(1860)은 배경이 이태리이다. 이 작품은 작가가 유럽에서 7년 간 체류한 후 귀국했을 때 쓰여졌다. 구성은 Hawthorne이 좋아하는 주제이다. 즉 죄의 결과들(이 경우에는 살인)이다. Donatello가 악으로 보이는 낯선 자를 벼랑에서 떨쳐버릴 때, 각 인물들이 연루되어진다. 몇 비평가들은 그것은 일종의 에덴동산이며, Donatello는 일종의 아담이라고 시사한다. 이 작품은 또한 Henry James가 훗날 유럽에서 많은 작품의 배경으로 유명하게 만든 "국제적" 소설의 한 흥미있는 본보기이다. Hawthorne은 청교도 뉴잉글랜드(미국의 예술학생인 Hilda에 의해 표현된)와 카톨릭 이태리(과거의 죄로 신비스런 여인인 Miriam)를 대조시키고 있다.

Poe시대 이후로 Hawthorne은 가끔 도덕가로 혹은 감상주의자로까지 생각된 바 있다. 그러나 작가로서 Hawthorne은 사실상 소재에 집착하지 않았고, 도덕과 선악의 문제보다는 범죄의 심리적 영향, 특히 자백되지 않고 인정되지 않은 범죄의 심리적 영향을 주로 취급하였다. Hawthorne의 주제들은 범죄에 의해서 야기되는 고립이며, 지성의 자만심과 인간 감정의 파괴에서 비극이었다. 그는 범죄가 모든 사람들을 같은 부류의 형제로 만드는 유대관계를 형성한다는 것을 알았고, 모든 인간의 비극 저변에 숨어 있는 커다란 실체로서 이를 확인하였다. 그는 이 주제와 이와 비슷한 주제들을 나타내기 위하여 모든 종류의 상징주의와 도덕적 비유를 사용하였다. 그는 그가 의도했던 뜻과 사상을 조명해 줄 수 있는 등장인물들의, 특히 뉴잉글랜드 식민지 시대의 남녀들의 삶 속에 깃든 사건들을 들려주고 극화함으로써, 이런 주제를 증명했던 것이다.

Hawthorne이 *Mosses from an Old Manse*의 유명한 인터뷰에서 Herman Melville(1819-1891)은 "Hawthorne 영혼의 한쪽 면에 비치는 햇빛에도 불구하고, 다른 쪽 면은 열 배가 더 검은, 검정 수의로 덮여 씌어져 있다"라고 언급했다. 이 말은 Melville 자신에 대해서도 더욱 더 사실적이다. 그의 소설에서 인간은 두 개의 경고 부분, 즉 악에 반대하는 선, 사탄에 반대하는 하나님, "가슴"에 반대되는 "머리"로 나누어진 세계에 살고 있다. 이 상반된 적수를 극복할 어떤 방법도 없다. Melville은 인생에 대하여 비극적 견해를 가지고 있다. 그는 이 우주 자체가 인간의 행복과 마음의 평화에 반하여 작용하고 있다고 생각하는 것처럼 보인다.

Melville이 가장 중요한 인생경험은 그가 나이 20세에 선원이 되었을 때부터 시작되었다. 승선한 배 위에서 그는 천민 선원들의 생활에 깊이 충격을 받았다. 그들의 개인적인 도덕은 그의 가족이 그에게 가르쳤던 것과는 전혀 다른 것이었다. 그러나 그가 글을 쓰기 시작했을 때, 바다의 생활은 그의 책과 단편소설을 위한 가장 중요한 소재가 되었다. 후에 그는 이때의 경험을 "나의 Harvard와 나의 Yale"이라고 말했다.

Melville의 이야기는 항상 단순한 바다의 모험 이상의 것이었다. 어떤 의미에 있어서는 그의 주인공들의 항해는 항상 진리에 대한 탐색이다. 그의 첫 소설 *Typee*(1846)는 그 책에 나타난 사실적 세부 때문에 대단한 인기였다. 주인공은 그의 배에서 도망쳐서 식인종(Typee족) 사이에서 살아간다. 그는 식인종들이 보다 더 순수하고 더 낫다는 것을 알게 된다. 그러나 그들은 인간을 죽이고 또 먹는다. 이 책은 행복이 항상 도덕과 연관되는 것인가라는 의문을 제기한다. 전형적으로 Melville은 이 문제를 대답하지 않은 채로 남겨둔다. *Omoo*(1847)는 Typee의 영웅 Tom의 모험으로 계속된다. 두 소설은 문명과 원시생활을 대조시킨다. 보다 심오한 수준에서 이 두 소설은 기독교의 가치와 원시종족의 종교의 가치 사이의 충돌을 보여준다.

Mardi(1849)는 너무나 추상적이고 난해하여 인기가 없었다. 이 소설에서 바다 항해는 더 이상 진실하지 않으나 우화적이다. 처음에 주인공은 상상적인 남태평양의 군도를 방문한다. 그 군도는 세계의 여러 나라를 보여준다. "Vivenza" 섬의 지역은 실제로 미국에 대한 중대한 비난이다. Vivenza는 너무도 쉽게 과거를 거부하고, 자신의 문명이 영원히 지속될 것이라고 생각한다. 그러나 Vivenza 역시 과거의 모든 다른 나라들처럼 멸망한다. 다음 항해는 보다 추상적인 수준으로 이동한다. 그곳에서 장소는 철학을 나타낸다.

다음에 Melville은 한 청년의 선원으로서 최초의 경험들에 관한 것인 *Redburn*(1849)을 썼다. 이 작품의 주제는—어떻게 사람들이 악에 이끌리는가—미국문학에서 중요한 주제이다. 이 작품은 깊이 인도주의적 소설이며, 사람은 단지 한 국가에 소속되지 않고 인간성 전체에 속한다는 것을 강조한다. *White-Jacket*(1850)에서 Melville은 작가로서 중요한 향상을 한다. 그는 우화에서 상징주의(미국문학에서 중요한 발달)로 이동한다. 중심적 상징은 주인공의 하얀 재킷이다. 이것은 그가 동료 선원들과 다르다는 것을 보여주는 것이다. 왜냐하면 그 재킷은 자기 자신의 정체의 상징이 되었기 때문이다.

이러한 소설의 집필은 Melville로 하여금 아마도 미국문학의 가장 위대한 소설인 *Moby-Dick*(1851)을 준비하는데 도움이 되었다. 똑같이 중요한 것은 Melville이 이 작품을 집필하고있는 동안 Hawthorne이 그에게 준 격려이다. 처음부터 포경선 *Pequod*의 항해는 상징적 항해가 될 것이라는 것은 명백하다. 그리고 비록 Melville이 독자에게 *Moby-Dick*의 세계가 실제적인 것으로 보이기 위하여 포경에 대한 많은 사실적 정보를 제공하고 있지만, 위대한 백경, *Moby-Dick*은 하나님이나 운명을 나타낸다는 것도 또한 명백하다. 중심인물인 Captain Ahab는 "웅대한, 지독한 신처럼 생긴 인물"이다. 그는 자신의 인간성과 백경을 파괴하고자 하는 욕망 사이에서 분열된다. 빛과 어둠, 이 양면은 Ahab 내부에서 서로 싸운다. 어두운 면이 승리한다. Ahab에게 *Moby-Dick*은 그가 이해할 수 없기 때문에 증오하는 "우주의 신비"의 한 부분이다. Ahab이 고래를 발견하고 공격할 때, 그의 배는 파손된다. Ahab 자신은 죽음의 바다 속으로 끌려 내려간다. Melville은 개인의 정체는 오직 한 환상에 불과하다고 말하는 것처럼 보인다.

> There is no life in thee now. Except that rocking life imparted[A]
> by a gentle rolling ship; by her, borrowed from the sea; by the

sea from the inscrutable[B] tides[C] of God.

[A]given [B]mysterious [C]movements of the sea

불행하게도 일반 대중들은 *Moby-Dick*을 좋아하지 않았다. 이 천재 작가가 인정을 받기까지는 여러 해가 지나야만 했다. Melville의 다음 소설 *Pierre*(1852)도 인기가 없었다. 이 책의 부제는 *The Ambiguities*인데 인생의 모호함 속에 사로잡힌 한 인물에 대한 이야기이다. 그는 그가 선한 일을 하고 있다고 생각할 때마다, 그는 자신의 진정한 동기는 정말로 악한 것이라는 것을 발견한다. *The Confidence-Man*(1857)도 비슷한 주제를 가지고 있다. 그것은 명백한 확신과 사회의 자선 사이의 긴장감이요, "더 어두운 반절"(의심과 거짓) 사이의 긴장감이다.

*Pierre*의 실패를 맛본 뒤에 Melville은 주제는 덜 모호해졌다. 그의 문체도 더 유머스럽고 회화체가 되었다. 그러나 그의 단편소설 *Bartleby the Scrivener*(1853)에서 보듯이, 그의 철학은 결코 변함이 없었다. Ahab처럼 젊은 주인공은 악이 온 세상을 뒤덮고 있고 모든 것을 망쳐버린다고 느낀다. 그러나 그는 능동적으로 악을 증오하는 대신에 전적으로 수동적 자세를 취한다. 이것은 행동을 할 수 없는 한 젊은이의 슬픈 이야기이다. 종말에 가서는 그 청년은 심지어 먹는 것도 거절하고 그래서 죽고 만다. *Benito Cereno*(1855)의 주인공도 똑같이 현실에 부딪혀 불행하다. 주제는 모든 안락한 인생관은 보다 어두운 반절을 보지 못하고, 결국 파멸하고 만다는 것이다. *Billy Budd*는 Melville의 마지막 중요한 작품인데, 그가 죽은 지 30년이 지나서 1924년에 출판되었다. 이 소설은 젊은 선원 Billy(선량한 인간성을 나타내는 인물)와 그의 악랄한 적 Claggart에 대한 이야기이다. 결국 그들 둘 다 서로 파멸하고 만다.

Melville은 이 세상은 순수한 선이나 순수한 악의 장소는 전혀 없다고 말하는 것처럼 보인다.

Melville은 그 당시 독자들에 의해서 거의 잊혀진 채 사망했지만, 1920년대를 지나면서 그는 차츰 재발견되기 시작했다. 지금에 와서는 그는 19세기 미국 소설가 중에서 가장 훌륭한 작가의 한 사람으로 추앙받고 있다.

바다에 관하여 글을 쓴 또 하나의 작가는 Richard Henry Dana (1815-1882)였다. 그의 *Two Years Before the Mast*(1840)는 대중 독자들에게 보통 선원의 어려움을 보여주기 위하여 쓰여졌다. 이 작품은 즉각적인 인기를 얻어 성공했고, 재빨리 미국의 고전이 되어 일 세기 이상 동안 젊은 미국인들에게 읽혀졌다. 유머, 사실적 세부 그리고 강렬하고 신선한 묘사 등으로 충만된 이 책은 Melville이 *Redburn*을 썼을 때 그에게 커다란 영향을 주었다. Dana는 후에 변호사가 되었고, 그의 *Seaman's Friend*(1841)는 바다의 법에 대한 표준서가 되었다. 그는 또한 적극적인 노예 폐지론자였다.

Edgar Allan Poe(1809-1849)는 심리학과 인간성의 어두운 면에 관심을 가진 또 하나의 작가였다. 그의 소설은 전통을 준수하는 New England보다는 오히려 남부에 속해 있다. 그의 소설은 언어 면에서도 훨씬 더 낭만적이고 상징적이다. Poe의 양친은 둘 다 배우였고 그가 3살이었을 때 세상을 떠났다. 그의 양부와의 나쁜 관계는 그의 짧은 인생에 있어서 많은 불행 중의 하나이다. 그의 *MS Found in a Bottle* (1833)은 그가 24세에 썼던 것인데, Poe가 얼마나 빨리 단편소설에서 기교를 숙달했는가를 보여준다. 이상한 바다이야기의 주제는 훗날 Poe의 많은 이야기들에 사용되었다. 예를 들면 한 외로운 모험가는 육체적 그리고 심리적 공포를 마주치게 된다는 것이다.

Poe는 미국문학의 세 분야에 중요한 공헌을 했다. 즉 단편소설, 문학비평, 그리고 시에 있어서이다. Poe의 많은 공포소설은 전 세계에 알려져 있다. 그의 방법은 작중인물들을 비범한 상황 속에 배치하는 것이다. 다음으로 그는 주의깊이 주인공이 느끼는 공포의 감정과 죄를 묘사한다. 이런 류의 소설로 가장 위대한 본보기는 The Pit and the Pendulum (1841), The Tell-Tale Heart(1843), 그리고 The Black Cat(1843)이다. 작가는 여기서 좀처럼 공포의 실제적 대상을 보여주지 않는다. 오히려 독자가 자신의 상상력을 사용해야 한다.

The Fall of the House of Usher(1839)는 Poe의 소설 중에서 가장 잘 알려져 있다. 이 작품은 단편소설에서 "효과의 일치가 모든 것이다."라는 자신의 이론에 대한 성공적인 본보기이다. 이 소설의 배경과 상징들은 주인공의 성격을 보여준다. 집안에서 나는 소음은 성인 쌍둥이 Roderick과 Madeline 사이의 관계를 상징해 준다. Roderick이 쌍둥이 누이를 정말로 죽기도 전에 매장했을 때, 그녀는 무덤에서 집으로 돌아온다. Roderick이 죽을 때 그 집은 집 주위를 에워싸고 있는 검은 호수 속으로 침몰한다. Poe의 여주인공들은 흔히 여러 가지 방법으로 "무덤으로부터 돌아온다." Ligeia(1838)에서 주인공의 첫 번째 아내의 유령은 두 번째 아내의 시신을 훔쳐서 살아 돌아온다.

Poe는 또한 현대 탐정소설의 창시자 중의 하나이다. 성격이나 감정을 고찰하는 대신 이런 류의 소설은 신비스러움이나 문제점들을 검열한다. 이에 대한 본보기로는 The Murders in the Rue Morgue(1841), The Mystery of Marie Rogêt(1842), The Purloined Letter(1845), 그리고 The Gold Bug(1843) 등이 있다. 이들 중 마지막 작품을 제외하고,

각각의 소설들은 영리한 프랑스 탐정 Monsieur Dupin이라는 동일한 이름의 주인공을 가지고 있다. 이 인물은 Poe의 가장 훌륭한 창조물 중의 하나이다. 작가는 우리에게 Dupin의 영리한 두뇌가 어떻게 작용하는가를 보여준다. 아주 영리하지 못한 나레이터는 복잡한 plot에 의하여 독자만큼이나 혼란을 일으키는 것처럼 보인다. 이것이 Dupin의 천재성이 훨씬 더 위대하도록 보이게 만드는 것이다. 많은 면에서 이러한 나레이터는 우리에게 Doctor Watson 그리고 그 위대한 탐정에 대한 이야기를 들려주는 Sherlock Holmes의 친구를 기억나게 해준다. Poe의 탐정소설은 간단한 그리고 사실적인 문체로 쓰여져 있다. 아마도 이것은 탐정소설이 공포소설보다 그의 일생동안 더 인기가 있었던 이유이다.

Poe의 시에 대한 관심은 시의 내용보다는 오히려 소리(음)에 있다. 그는 꾸준히 시를 음악적으로 만드는 방법을 실험했고, 그리고 시를 "미의 운율적 창조"로서 정의했다. 그가 작명한 인물의 이름까지도 음악적 소리를 가지고 있다. Eulalie, Lenore, Ulalume가 그 예이다. *The Bells*(1840)에서 그는 소리의 질에 대한 단어를 선택한다. 너 자신이 큰 소리로 시를 낭송하도록 노력하라. 썰매 방울소리를 듣도록 노력하여라. 그리고 눈 속을 달리는 말발굽 소리의 리듬을 듣도록 시도하여라.

> How they tinkle, tinkle, tinkle,
>   in the icy air of night!
> While the stars, that oversprinkle[A]
> All the heavens, seem go twinkle[B]
>   with a crystalline[C] delight.

[A]scatter themselves over   [B]make quick flashes   [C]as of clear colorless jewels

비슷하게 그의 가장 유명한 시 *The Raven*(1845)에서 리듬은 우리로 하여금 새의 부리가 문을 톡톡 두드리는 소리를 듣도록 한다.

> While I nodded, nearly napping[A], suddenly there came a
>   tapping,
> As of someone gently rapping-rapping at my chamber[B] door.
>
> [A]asleep [B]room

이 불행한 청년은 그가 다시 죽은 애인 Lenore를 만나게 될 것인지 묻는다. 그러나 그 커다란 검은 새한테서 기계처럼 나오는 대답, "Nevermore!"만이 반복된다.

Poe는 시의 참된 목표는 "진실이 아닌 즐거움"이라고 생각했다. 그러나 그에게 "즐거움"은 행복을 의미하지 않았다. 오히려 훌륭한 시는 독자에게 유연한 슬픔의 감정을 창조한다. 지금은 죽은 아름다운 여인에 대한 그의 많은 시들 중의 하나인 *Ulaume*(1847)에서 Poe는 슬픔을 공포와 혼합시킨다. 또 다시 소리는 주제(육체적 사랑과 정신적 사랑 사이의 갈등)보다 더 중요하다.

Poe의 문학비평은 또한 중요한 부분이다. *Southern Literary Messenger*지의 그의 서평은 미국의 도처에서 읽혀진다. 그는 신생국가의 국민 문학을 발전시키는 것을 돕고 싶었고, 그리고 지적 비평이 그 열쇠라고 생각했다. 그는 나쁜 책과 나쁜 글을 증오했다. 그의 비평은 으레 날카로웠다. 그러나 James Russell Lowell이 불평하는 것처럼, 그의 비평은 또한 "수학적 논증의 냉정함"이 있었다. 이것이 Poe에게 많은 적을 만들게 한 원인이다. Poe가 죽고 난 후에도, 작가들은 계속해서 그를 공격했고, 그의 개인적 생활에 대해서 거짓을 말하였다. Poe의 불행한 일생은 1849년에 끝이 났다. 그 해 그는 Baltimore 거리에서 술에 취하여 죽어 가는 모습으로 발견되었다.

Poe의 생애에 대해서는 항상 많은 논쟁이 뒤따랐다. 왜냐하면 Poe는 때때로 사람들로 하여금 고의적인 오판을 유도했고, R. W. Griswold로 하여금 그의 전기를 쓰는데 고의적인 허위 진술을 쓰도록 유발했기 때문이다. Poe는 문학비평, 단편소설, 시 등의 분야에서 두각을 나타냈다. 그의 통렬한 비평은 미국 작품의 질을 향상시키는 데 기여했고, 그의 단편소설론은 특히 감정의 단일 효과에 대한 신조는 매우 독창적이며 영향력이 있었다. 그의 시는 개성, 낭만적 미, 감정, 독창적인 어조 그리고 멜로디를 가지고 있어 절제 있는 미를 성취할 수 있었다.

제5장 보스턴 지식인들

19세기 미국은 Edgar Allan Poe의 중요성을 거의 무시했으며, 무시하려고 노력했다. 그 당시 미국인들은 매우 애국적이었고 그리고 자주 Poe의 예술이 너무나 "이국적"이라고 생각했다. 미국인들은 프랑스에서 야기된 Poe에 대한 열기와 흥분을 이해할 수가 없었다. Poe는 Charles Baudelaire와 Arthur Rimbaud와 같은 위대한 프랑스 시인들에게 중대한 영향을 끼쳤다.

Poe가 내적 자아의 불행한 심연을 탐구하는 동안, Henry Wadsworth Longfellow(1807-1882)의 시는 평범한 미국인들의 가슴에 직접 호소하고 있었다. 그의 인기의 한 부분은 대부분의 미국인들이 듣고 싶어하는 것들을 정확하게 그리고 아름답게 말하는 데에서 왔다. Poe에 대답하

듯이 그는 능동적이고 건강한 생활을 추천했다.

> Life is real! Life is a earnest[A]!
> And the grave is not its goal . . .
>
> [A]serious

A Psalm of Life(1838)와 같은 시에서 그는 자기 동포들의 열심히 일하는 낙천적 철학을 표현하고 있다.

> Not enjoyment, and not sorrow,
>   Is our destined[A] end or way;
> But to act, that each tomorrow
>   Find us farther than today.
>
> [A]decided by fate

"자, 우리 일어나서 행동하자." 이것이 그의 유명한 결론이다. 전형적으로 그는 우리 무엇을 행해야 하는가를 정확하게 말하지 않는다. *Excelsior* (1842)에서 그는 관념론을 장려한다. 은유는 젊은이가 알프스 산을 기어오르는 그것이다. 무서운 폭풍이 불어온다. 그러나 이것이 그를 멈추게 하지 못한다. 한 아름다운 처녀가 자기와 더불어 휴식하도록 초대할 때 그는 멈추지 않고 더 높이 기어오른다.

> A tear stood in his bright blue eye,
> But still he answered, with a sigh,

Excelsior[A]!

[A]climb higher

　　오늘날 이런 류의 감상주의를 즐길 수 있는 사람은 거의 없다. 이것은 오늘날 영감을 불러일으키는 것보다는 더욱 우스꽝스런 것이다. 그러나 그가 미국 역사에 귀의시킬 때 그는 그것이 너무나 흥분하도록 하여 거의 말을 거부하기 곤란하게 만든다. "나의 어린이들이여, 들어보라. 그러면 너희들은 Paul Revere가 한 밤중에 말달리는 소리를 들을 것이다."(*Paul Revere's Ride*, 1861) 그의 위대한 민요는 *Evangeline* (1847), *The Song of Hiawatha*(1855), 그리고 *The Courtship of Miles Standish*(1858)가 있다. 이들 작품 속에서 그는 식민지 시대의 전설들을 차용했고(혹은 창조했고), 그것들을 모든 미국인들에게 알려진 인기 있는 이야기로 만들었다. 그의 언어는 항상 단순했고 이해하기 쉬웠다. 그는 운율을 주제에 정확하게 맞도록 쉽게 변형시킬 수 있었다. Paul Revere처럼 말달리는 기수를 묘사할 때, 격조는 달리는 말처럼 질주한다. *Evangeline*의 첫 머리에서 그는 배경을 느린 보조의 6박자 소절로 묘사한다. 이것은 우리에게 그가 들려주고자 하는 비극적 사랑의 이야기를 준비하는 것이다.

　　Thís is the fórest priméval[A]. The múrmuring[B]
　　　　pínes and the hémlocks,
　　Beárded with móss, and in gárments gréen,
　　　　indistínct[C] in the twílight[D]

　　[A]which has been here since the earliest times　[B]trees(pines and hemlocks) making a low sound　[C]not clearly seen　[D]half-light at sunrise or sunset

*Hiawatha*에서 운율이 없는 강약조의 격조는 인디언의 둥둥 북의 북치는 소리처럼 들린다. 시구를 운율이 없도록 함으로써 그는 자기 시에 원시적이고 비문명화된 감정을 제공한다. 이것이 바로 정확하게 Longfellow가 원하는 효과이다. 그는 이 땅에 백인이 도착하기 전의 인디아 영웅에 관한 이야기를 말하고 있다. Hiawatha는 성인시절에 있어서의 시인의 이상이다.

> Évery húman heárt is húman,
> Thát in éven sávage[A] bósoms
> Thére are lóngings, yéarnings[B], stríiving[C],
> Fór the góod they cómprehénd not[D]
>
> [A]uncivilized hearts [B]strong desires [C]reaching out towards something [D]do not understand

Longfellow는 말년에 더욱 더 많은 종교적 주제에 귀의했다. *The Tide Rises, The Tide Falls*(1879)라는 시에서 그는 한 인생의 종말을 묘사한다. 이것은 마치 해변을 따라 걷는 한 여행자가 먼 곳으로 사라지는 것과 같다. 강물이 그의 발자국을 덮고 그리고 멀리 씻어내 버린다.

Washington Irving처럼 Longfellow는 대부분의 그의 이상을 다른 작가들로부터 취했다. 여전히 그의 작품에는 독창적인 것이 없다는 현대적 불만은 전혀 공정하지 않다. Longfellow는 몇 개의 유럽어를 숙달했었고 그리고 그가 독일, 네덜란드, 핀란드 그리고 기타 다른 민족문학에서 발견한 소재를 독창적으로 이용했다. 더욱 심각한 한가지 문제는 이 시인에 대한 Emerson의 온유한 비평에 지적되어 있다. "내가 항상 당신 책을 읽으면서 느끼는 한 가지 첫 번째의 만족은 내가 안전하다는 것이다." Longfellow는 결코 우리를 새로운 진리를 가지고 놀라게 하거나 충격을 주지 않는다. 조용한 그리고 깨끗한 목소리로 그는 "보통 인간의 소박한 꿈을 표현하기를 좋아한다." 그것들은 19세기 미국의 안락한 꿈이요 이상이었다.

Longfellow는 "Brahmins"라고 불려지는 귀족 Boston 작가들의 그룹의 가장 유명한 회원이었다. 대부분의 Brahmins는 부유하고, 나이 드신 귀족 출신이었다. 비록 그들이 "탁월성"에 대하여 영국을 우러러 보았지만, 그리고 자주 영국 문학의 문체를 모방했지만, 그들은 Boston을 미국 대륙의 아니 나아가서는 이 지구의 사상의 중심지로 생각했다. 그들은 어느 토요일에 그들의 "토요클럽"이란 이름으로 저녁식사를 위해 만나게 되었다. 보고싶었던 대부분의 인사들이 함께 모이게 되었다. 회원들은 Longfellow, Hawthorne, O. W. Holmes, J. G. Whittier, James Russell Lowell, 그리고 유명한 역사가 Prescott와 Motley가 있었다. 1857년에 그 클럽은 클럽의 잡지 *Atlantic Monthly*를 출판했다. 이 잡지를 통해서 Boston의 문학 창립은 새로운 미국 공화국의 취향과 지적 생활에 영향을 주기 시작했다. 다음 20년 혹은 30년 동안 이 잡지는 미국의 문학들 이끄는 지성적 잡지였다.

Longfellow의 시는 부드러운 낭만과 감상을 가진, 이상과 사랑과 슬픔의 서정시였다. 후에 그는 낭만적 민요와 운문의 로망스와 서정적 드라마와 몇 편의 훌륭한 소네트를 썼다. 그는 가장 학식있는 시인으로서 어떤 작가보다도 그 영향력이 대단했다.

Oliver Wendell Holmes(1809-1894)는 이 지식인들 그룹을 위한 이름인 "Brahmin"이란 이름을 창안한 자로서 이 잡지에 글을 쓴 최초의 인물이었다. 그의 *Autocrat of the Breakfast Table*이란 일련의 수필은 그가 1857년에 *Atlantic Monthly*의 창간호에 출판되었는데 그를 순식간에 미국의 가장 유명한 작가 중의 하나로 만들었다. 이 수필은 Boston 하숙집에서의 상상적인 대화의 형식을 취하고 있다. "독재자"는 분명히 Holmes 자신이다. 이 인물을 통해서 Holmes는 많은 다른 주제에 관한 의견을 표현한다. Boston 문화의 우월성은 그의 좋아하는 주제 중의 하나이다. 그의 수필은 항상 유머스럽고, 흔히 놀라운 의견을 내포하고 있다. 우리는 "어리석음은 자주 사람이 미치지 않도록 구원해 준다"라는 독재자의 말 속에서 이 두 가지 요소를 볼 수 있다. 이 일련의 수필은 대중적 성공을 거두었다. 그 이유는 부분적으로는 독자가 자기들보다 지적으로나 교양적으로나 부족한 사람들을 Holmes와 함께 조소하는 것을 즐겼기 때문이었다.

Holmes는 특히 유머스러운 시에 능했다. 그래서 미국의 가장 훌륭한 경시를 쓰는 시인으로 알려져 있다. 심오하고 독창적인 생각은 그의 강점이 아니었다. 그의 수필처럼, 그의 경시는 그의 강한 기호와 혐오를 표현하기 위해서 유머를 사용한다.

The Deacon's Masterpiece(1858)는 전형적인 Holmes의 유머를 사용한다. 그러나 그 주제는 심각할 것이다. 이 시는 청교도 칼빈니즘에 대한 영악한 공격이다. 그의 이미지는 마치 칼빈주의자 종교처럼 완벽하게 짜 맞추어진 마차이다.

Have you heard of the wonderful one-hoss shay[A],
That was built in such a logical[B] way
It ran a hundred years to a day . . .

Atwo-wheeled carriage with one horse   Bcarefully reasoned

그러나 칼빈니즘은 진리가 아닌 원칙에 기초를 두고 있다. 그래서 어느 날엔가는 따로 떨어지는 것이 명백하다. 100년이 지난 후 마차는 붕괴한다.

> . . . went to pieces, all at once, −
> All at once, and nothing first, −
> Just as bubbles do when they burst.

Holmes는 또한 몇 개의 소설을 썼다. 각 소설은 비범한 의학문제를 중심으로 하고 있다. 이러한 주제 때문에 그는 그 소설을 "약용소설"이라고 불렀다. 그의 가장 훌륭한 소설인 *Elsie Venner*(1861)는 도덕적 책임에 대한 칼빈주의자의 사상에 대한 공격이었다. 아름다운 젊은 여인 Elsie는 자연스럽지 못한 냉정한 개성의 소유자이다. 그러나 이것이 진실로 그녀의 결함은 아니다. 그녀의 어머니는 Elsie를 낳기 직전에 독이 있는 뱀에게 물렸던 것이다. 이것이 그녀가 태어난 후 그녀의 개성에 지속적인 영향을 주었던 것이다. 이 소설과 Holmes의 다음 소설 *The Guardian Angel*(1867)은 둘 다 강한 반칼빈주의자의 견해를 표현하고 있다. *A Motal Antipathy*(1885)는 다소 현대적인 심리학적 주제를 가지고 있다. 어린 유년시절의 무서운 경험이 이 청년으로 하여금 여인들을 무서워하게 되는 원인이 된다.

Harvard 의과대학에서 해부학과 생리학의 교수직을 역임한 Homes에게 문학은 취미였다. 그의 과학적 흥미에 대한 관심은 3권의 의학 소설(medicated novels)을 남겼고 희극적인 단시와 몇 편의 진지한 서정시의 시인으로 알려지고 있었다.

James Russell Lowell(1819-1891)은 세 번째로 유명한 Brahmin 시인이다. 그의 시대에 있어서는 그는 완벽한 문학 귀족인으로서 국가적으로 찬양을 받았다. 그의 초기 생애에서 Lowell의 시는 자주 정치적 apt 시지를 담고 있었다. Mexican War(1846-1848) 중에 쓰여진 *The Biglow Paper*에서 그는 미국의 정책을 비난했다. 그에게 그 전쟁은 "국가적 범죄"였다. 그 책 속의 주요 인물인 Hosea Biglow는 New England 사투리로 강연하면서 자주 유머스런 의견을 표현한다. 그러나 어떤 때에는 아주 심각하다. "전쟁에 대해서 난 그것을 살인이라고 말한다." 또 하나의 유머스런 인물인, Birdofredom Sawin은 희망에 가득 차서 군대에 입대할 만큼 어리석다. 그는 육체적, 도덕적으로 사람이 되어서 고향으로 돌아온다. 두 번째 시리즈 *The Biglow Papers*는 미국 남북전쟁 중 북쪽을 지지하기 위하여 쓰여졌다. 그러나 이것은 읽기에 훨씬 덜 흥미로운 작품이다.

A Fable for Critics(1848)에서 Lowell은 많은 그의 동료 작가들을 조롱하고 있다. 그는 Poe를 "그의 5분의 3은 천재이고, 5분의 2는 완전한 꾸며낸 이야기"로서 묘사했다. W. C. Bryant는 "조용하고, 냉정하고 그리고 위엄있고, 매끄럽고 조용한 빙산"이요, 플라톤 철학의 영향을 받은 Emerson은 "양키의 어깨 위에 희랍인의 머리"를 가지고 있으며, Thoreau는 "자연을 탐정처럼 감시했다."고 말한다. 말년에 Lowell은 중요한 문학비평가가 되었다. 그는 어느 다른 Brahmin들보다 더 광범위한 관심을 가졌으며, 몇 편의 수필은 아직도 오늘날 읽혀지며 연구되고 있다.

Lowell은 미국의 위대한 비평가이자 학자의 한 사람으로 생각되고 있다. Norman Foerster에 의하면 그는 고전주의자들이 이상으로 삼는 완벽성과 균형에, 낭만주의자들이 이상으로 삼는 창의력을 가미시킴으로써 "20세기 이전에 미국에서 가장 포괄적인 문학 개념을 발전시켰다."

Brahmin들 가운데에는 몇몇 주요한 역사가들이 있었다. George Bancroft(1800-1891)가 그 중 한 사람인데, 그의 *History of the United States*(10권으로 출판 1834-1874)는 "미국 역사를 역사적 사건의 주류 속에 놓은 최초의 성공적 성과였다. William Hickling Prescott(1976-1859)는 고전적인 *History of Ferdinand and Isabella*(1837)을 썼다. 그는 라틴 아메리카에 대한 감동적 이야기와 더불어 이 작품의 줄거리를 더듬었다. Brahmin 역사가들은 역사를 문학적으로서 그리고 "예술"로서 생각했다. 그들의 목적은 위인들과 위대한 사건에 대한 드라마를 제공하는 것이었다. 아마도 이들 중 가장 위대한 분은 Francis Parkman(1823-1893)으로 *The Oregon Trail*(1849)을 썼다. 그는 실제로 그 자신이 황야의 길을 여행했고, 평원의 인디언들 사이에서 경험들을 묘사했다. 비록 그가 특별히 인디언을 좋아하지 않았지만 새로 온 백인 정착인들을 더 증오했다. 그의 문명화된 보스턴의 마음에, 그 백인들은 변경인들 가운데 더 거칠고, 가장 비문명화된 편이었다.

John Greenleaf Whittier(1807-1892)는 Boston 귀족 출신이라기보다는 보통 농부가문 출신의 New England 시인이었다. 그의 가장 훌륭한 시는 항상 아름답고 소박한 생활 속의 일들을 이야기했다. 그는 노예폐지론의 강한 지지자였고, 노예제도에 반대하는 많은 시를 썼다. 그러나 남북전쟁이 끝났을 때 그는 부드러운 음조로 돌아왔다. *Snow-Bound*

(1866)는 Whittier의 가장 위대한 시인데, Whittier의 부모와 가족이 눈보라에 의하여 "모든 세상과 단절되어 갇혀 있을" 때를 묘사하고 있다. 이 시의 첫 부분은 폭풍이 다가옴을 묘사하고 있다.

> The sun that brief December day
> Rose cheerless over hills of gray . . .

다음 날 아침에, 그들은 잠에서 깨어나 변화된 세상을 발견한다.

> And when the second morning shone,
> We looked upon a world unknown.
> . . .
> A universe of sky and snow!
> The old familiar sights of ours
> Took marvellous[A] shapes . . .
>
> [A]wonderful

차가운 겨울세계의 한 복판에서 시인은 우리를 이렇게 초대한다.

> Sit with me by the homestead[A] hearth,
> And stretch the hands of memory forth
> To warm them at the wood-fire's blaze!
>
> [A]farmhouse fireplace

그러나 불은 집안에서의 유일한 온기는 아니다. 더욱 중요한 것은 가족애의 온기이다. 시인은 이것을 더 높이 평가하고 있다.

Whittier의 걸작 시들은 식민지 시대와 어린 시절에 관한 것들이다. 그의 소박한 종교적 서정시들은 많은 성가집에 나오며 지금도 전 세계적으로 불려진다.

제6장 남북전쟁과 도금시대

18 55년 7월에 Emerson은 완전히 새로운 형식으로 한 작은 시집을 우편으로 받았다. "난 약간 눈을 비비고서 이 햇빛이 환영이 아닌지 바라보았습니다."라고 기쁨에 찬 Emerson은 그 시집의 저자에게 편지를 썼다. "난 위대한 생애의 시초에 당신을 뵙게 되었습니다." 그 시집은 바로 Walt Whitman의 *Leaves of Grass*이었다. "턱 수염이 나서, 햇빛에 그을려, 회색의 목이 되어 가까이 하기 어려운 사람으로 도착했습니다." 라고 이 저자는 그의 한 시에서 발표한다. 그는 "미국을 정의하고 싶었고, 강건한 민주주의를 규정하고" 싶었다. Boston의 Brahmin들은 그의 담대함과 천박함을 싫어했다. 사실 대부분의 비평가들은 그의 작품을 공격했고, 또한 독자 대중도 읽지 않았다. 그러나 오늘날 Whitman의

작품들은 미국문학에서 매우 중요한 성공작이다.

Benjamin Franklin과 Mark Twain처럼, 대부분의 Whitman의 교육은 학교에서보다는 일찍이 인쇄소와 신문업에 종사하면서 일하는 데서 받았다. 대부분의 젊은 미국인들이 세상에서 출세하기 위하여 열심히 일할 때, Whitman은 다소 게으른 청년으로 보인다. 그는 시골에서 그리고 해변에서 오랫동안 산책을 했다. 그는 이런 인생의 길을 다음과 같이 묘사한다.

I loafe[A] and invite my soul,
I lean and loafe at my ease observing a spear of summer grass,
. . .
I am enamoured of[B] growing out-doors,
Of men that live among cattle taste of the ocean or woods . . .

[A]waste time   [B]in love with

(*song of Myself,* 1855)

그의 작품을 통해서, 그는 생활의 거의 모든 세부에 대하여 즐거운 호기심을 지닌다. 흔히 그의 시에는 19세기 미국인들이 인식할 수 없었던 광경과 대상들의 목록이 들어 있다. 그가 좋아하는 두 개의 단어는 "sing"과 "absorb"이다. 처음에 그는 자기 주변 세상의 풍경, 소리, 냄새, 그리고 맛을 "흡수하고", 그리고 난 다음에는 그것들을 시로 "노래한다." *Leaves of Grass*의 놀라운 작은 시의 첫 부분은 그가 세상을 연구하는 데 있어서의 비체계적인 방법을 묘사한다.

Beginning my studies the first step pleased me so much
The mere fact of consciousness, these forms, the power of
    motion,
The least insect of animal, the senses, eyesight, love,
The first step I say awed[A] and pleased me so much
I have hardly gone and hardly wished to go any further,
But stop and loiter[B] all the time to sing it in ecstatic[C] songs.

[A]made humble [B]move only a few steps [C]delighted

*Leaves of Grass*는 Whitman의 필생의 작품이었다. 이 책은 그와 그의 조국, 미국이 성장하고 변화하는 것처럼 성장했고, 변화했다. 그는 이 책을 "그 속에 포함된 어떤 것에 이르는 통로"라고 말했다. 그는 현실을 시작도 종말도 없는 계속적인 흐름으로 보았다. 그는 딱딱함을 싫어했고, 19세기 시적 형식의 "완벽함"을 싫어했다. 그러므로 1855년부터 1892년 그의 마지막 개정판까지 *Leaves of Grass*는 미완성의 "진행 중의 작품"으로 남아있었다. 최초의 함유물 중의 하나는 그의 역작인 *Song of Myself*이었다. 이 대단히 긴 장시는 Whitman 작품의 모든 중요한 주제들을 공표한다. 이 시의 첫 구절에서 시인은 그 자신이 이렇게 시작한다. "난 내 자신을 축하하고 내 자신을 노래한다." 그러나 이 "자신"은 곧 친구들을 포함시키게 되고, 전 국민, 마침내는 인류가 된다. 그리고 그는 자신을 "Walt Whitman, 하나의 우주"로서 소개한다. 그에게 진실한 "자아"는 우주의 모든 것을 포함한다. "하나님이 아닌 어떤 것도 자아보다 더 위대하지 않다." 이것이 "자아"에 대한 초월주의자의 사상이다. 사실 모든 시는 "Over-Soul"에 나타난 Emerson의 사상의 한 확장이다.

여기서 "확장"(expansion)이라는 단어는 중요하다. Whitman은 많은 영역에서 Emerson의 세계를 초월하여 나아간다. 그는 "나는 모든 남녀들을 나와 함께 미지의 세계로 진수시킨다"라고 말한다. 이 위대한 "미지의 세계"(Unknown)는 죽음이다. 그에게 그것은 기쁨이요 바람직한 것이다.

> Has anyone supposed it lucky to be born?
> I hasten to inform him or her it is just as lucky to die,
>   and I know it.

Out of the Cradle Endless Rocking(1859)은 이 사상을 바다와 연관시켜 확장하고 심화시킨다.("사나운 늙은 어머니")

> The word final, superior to all . . .
> Are you whispering it, and have been all the time,
>   you sea waves?
> . . .
> (*The sea*) Whispered me through the night, and very
>   plainly before daybreak,
> Lisped[A] to me the low and delicious word death,
> And again death, death, death . . .
>
> [A]spoke softly

Whitman은 "나는 육체의 시인이며 영혼의 시인이다."라고 공표한다. "육체의 시인"으로서 그는 대담하게 시의 영역 안으로 성을 도입한다.

Urge and urge and urge,

Always the procreant[A] urge of the world,

Out of the dimness[B] opposite equals advance always substance

[A]life-producing [B]dull light

이러한 발전은 Emerson을 포함해서 대부분의 19세기 미국인들에게 충격을 주었다. 많은 사람들은 성에 대한 두 그룹의 시—*Children of Adam and Calamus*—에 당황했고 분노했다. 그리고 이 시는 *Leaves of Grass*의 제 3판(1860)에 들어 있었다.

훨씬 더 중요한 발전은 시적 형식의 영역에 있다. Whitman을 통해서 미국 시인들을 마침내 스스로가 낡은 영국 전통으로부터 해방되었다. 그의 유명한 자서전적 수필, *A Background Glance o'er Travel'd Roads*(1889)에서, 그는 "시간은 미국과 민주주의의 도래에 의하여 던져진 빛 속에서 오래되고 새로운 모든 주제와 사물을 반사하게 되었다." 라고 말한다. 이 일을 하기 위해서 그는 완전히 새로운 그리고 완전히 미국적인 시적 표현의 형식을 창안했다. 그에게 메시지는 항상 형식보다 더 중요했고, 그리고 그는 자유시의 가능성을 충분히 탐험한 최초의 인물이었다. 그의 시에는 시구가 늘 스탠자로 짜여 있지 않고 보통문장 이상으로 보였다. 비록 그가 운율과 각운을 거의 사용하지 않지만, 우리는 여전히 명백한 운율을 들을 수 있고 또 느낄 수 있다. 만일 여기에 들어있는 시를 다시 되돌아본다면, 단어나 소리가 자주 반복되고 있음을 발견할 것이다. 이것이 내용과 더불어 그의 시에 조화와 통일성을 준다.

Whitman은 그의 메시지가 도달하기를 희망했던 청중에 알맞도록 문체를 발전시켰다. 그는 평소의 시적 장식물이 없이 평범한 문체로 시를 썼다. 그래서 보통 사람들이 그의 시를 읽을 수 있었다. 그는 미국인들이 인류의 미래에 해야 할 특별한 역할을 가지고 있다고 강하게 믿었다.

비록 그가 미국사회를 아주 좋아하지 않았지만, 그는 미국 민주주의의 성공은 인류의 미래 행복에 대한 열쇠라고 확신했다. 남북전쟁 (1861-1865)까지도 이 확신을 방해하지 못했다. Whitman은 북군의 강한 지지자였다. 너무 늙어서 싸울 수 없어 그는 간호원으로 일하기 위하여 버지니아의 전쟁터로 내려갔다. 그는 전쟁의 희생자들에 대해서 대단한 연민의 정을 느꼈다. "난 전쟁터의 시체를 보았네. 그리고 청년의 하얀 해골을 난 보았네." 그는 Lincoln 대통령을 크게 찬양했다. 그리고 그를 인류의 선의 상징으로 보았다. Whitman의 위대한 두 편의 시, *O Captain! My Captain!*과 *When Lilacs Last in the Dooryard Bloom'd*는 1865년에 있었던 Lincoln의 살해에 대하여 쓰여진 것이었다.

Whitman은 아름다운 서정시를 썼는데, 모두 자유시의 형식을 취하고 있다. 그의 주제는 민주주의의 중요성, 남녀의 평등, 영혼과 육체의 중요성, 애국심의 고취, 진보에 대한 믿음 등이었다. 그는 19세기 말 미국문학에 새로운 리얼리즘을 안내하는 데 기여했다.

1863년에 Lincoln이 Harriet Beecher Stowe(1811-1896)를 워싱턴에서 만났을 때, 그녀에게 "아, 당신이 큰 전쟁이 나도록 한 책을 쓴 작은 여인이군요."라고 인사를 했다. 이 말에는 약간의 진리가 있었다. Paine의 *Common sense*가 미국 독립전쟁을 위한 미국인의 애국심을 하나로 합쳤던 것처럼, Stowe의 *Uncle Tom's Cabin*(1852)은 노예제도에 반대하는 북부인의 감정을 연합시켰던 것이다. 이 책이 출판되자마자 대단히 인기 있는 성공을 거두었다. 남북전쟁이 이전에 미국에서만 서도 수백 수천 권이 팔렸고, 남북전쟁 이후에는 20개 언어로 번역이 되었고, 수만 권의 책이 전 세계적으로 팔려나갔다. 이 책은 늙은 흑인 노예 Uncle Tom의 이야기로서, 그는 그 앞에 자유의 희망을 가지고 있으나, 결코 노예제도에서 도망할 수 없는 노예의 이야기이다. 결국 그는 그의 잔인한 주인 Simon Legree에 의해서 죽음을 맞이하게 된다. 노예폐지론자의 선전의 걸작으로서 이 책은 효과가 있었다. 이 책은 남북전쟁을 이끌었던 남부 노예제도에 반대하여 북부에서 캠페인을 확산시키는데 기여했다. 남북전쟁 중, Lincoln은 1863년의 *Gettysburg Address*로 미국문학에 공헌했다. 그는 남북전쟁이 치열했던 큰 전투 중의 하나인 이 벌판 위에서 이 연설을 했다. 그는 전쟁의 목적은 다음과 같다고 시작했다.

That government of the people, by the people, for the people, shall not perish from the earth.

Emily Dickinson(1830-1836)은 미국 남북전쟁의 시기 중에 중요한 글을 썼던 또 하나의 뉴잉글랜드 여인이었다. 우리는 그녀의 시에서 전쟁에 대한 어떤 언급도 어느 커다란 국가적 사건도 발견할 수 없다. 그녀는 Massachusetts, Amherst의 작은 고향에 있는 오래된 큰 저택에서 조용히 매우 사적인 생활을 했다. 19세기의 모든 위대한 작가들 중에서 그녀는 그녀의 시대에 가장 적은 영향을 주었다. 더욱이 그녀는 바깥 세계와 단절되었기 때문에, 그녀는 매우 개인적이고 순수한 류의 시를 만들어 낼 수 있었다. 그녀의 죽음 이후, 그녀의 명성은 굉장히 커져서 그녀의 시는 이제 시대에 비해서 매우 현대적인 것으로서 보여진다.

처음에 이것은 놀라운 일인 것처럼 보였다. Anne Bradstreet와 기타 나이든 청교도 시인들처럼, Dickinson은 "좀처럼 무덤의 모습을 잃지 않는다."

> I heard a fly buzz when I died.
> . . .
> With blue, uncertain, stumblingA buzz,
>   between the light and me;
> And then the windows failed, and then
>   I could not see.
>
> ᴬuneven

Dickinson 자신의 칼빈주의자 유년시절은 그녀에게 죽음의 입장에서 인생을 바라다보는 이 방법을 제공했다. 증기기관과 큰 공장 굴뚝이 있는 19세기 미국에서, 이러한 모습은 아마도 구식처럼 보였다. 그러나 그것은 그녀에게 사물을 신선하게 보도록 했다. 한 최근의 비평가가 지적한 바와 같이 그녀는 이 세상을 "최초로 그리고 마지막으로" 바라보는 것처럼 보였다.

비록 그녀가 일찍이 자기 가족의 구식 종교를 거부했지만, 그녀는 그녀 작품의 위대한 주제인 "신념의 탐구"를 이루어냈다. 성경은 별 문제로 하고 이런 탐구에 있어서 그녀의 가장 중요한 안내자는 Ralph Waldo Emerson의 철학이었다. 사실 많은 사라들은 그녀를 초월주의자들 중 한사람으로 분류한다. 초월주의자처럼 그녀는 "실제적"인 것보다 더 중요한 것으로서 "가능한" 것을 보았다. 그녀는 사람은 "신비 속에 덮어 가려진 한계를 향하여 밖으로 나아가야만 한다"고 생각했다. 인간으로서 성장하기 위하여 우리는 용감해야 한다. 왜냐하면 우리는 "무에 집착"할 수 있으니까, 이 사상은 Emerson의 *Self-Reliance*에서 온 것이다. Dickinson은 신념의 성격에 대하여 결코 어떤 굳은 결론에 도달하지 않았다. 한 유명한 시에서 그녀는 그것을 영혼을 위한 일시적인 "지주"로서 생각하는 것처럼 보인다. 그것이 더욱 강해진 후, 영혼(여기서 집으로서 보이는데)은 이 이상 더 신념의 지주가 필요치 않다. 항상 그랬듯이, 그녀는 유년시절 교회 다니던 때의 찬송가의 격조 속에서 시를 쓴다.

> The props assist the house
> Until the house is built
> And then the props withdraw
> And . . .
> The house supports itself.

1879년에 그녀는 신념의 주제로 돌아왔다. 때때로 그녀의 정의는 훨씬 덜 확신(혹은 "자기 신뢰")에 차있었다. 여전히 그것은 전적으로 그녀 자신이 개성의 특징인 것이다.

> Not seeing, still we know —
> Not knowing, guess —
> Not guessing, smile and hide
> And half caress[A]

Dickinson의 시는 Emerson의 수필에서 취한 이미지와 주제로 충만되어 있다. 그러나 그녀는 거의 항상 그것들에 새롭고 흥분되는 해설을 제공한다. 그러나 1860년대 초에, 다소 다른 주제인 고통과 한계가 그녀의 작품 속에 보이기 시작했다. Emerson과 더불어 이러한 것들은 거의 논의되지도 않았다. (Melville은 한때 Emerson을 "치통도 한 번 앓아본 적이 없는 인간"으로서 묘사했다.) Dickinson의 이 새로운 주제는 미국 남북전쟁의 무시무시한 고통을 표현하는 방법(아마도 그녀의 유일한 방법)이었다. 그러나 그녀와 더불어 그것은 항상 밤에 외로운 사람의 고통이었지 모든 전쟁터의 고통은 결코 아니었다. 그것은 현대 실존주의자의 고통이었다. 이 세상은 "신과 자연이 침묵하는 곳"이다. 그리고 우주는 "어둠의 설계"이다.

Dickinson의 시는 읽기가 용이하지 않다. 그것은 그녀의 독창성, 그녀의 함축적인 시어의 사용, 놀라운 비유, 갑작스런 시행의 단절, 인습적인 운율의 부재, 추상적, 철학적 표현의 사용 등에서 비롯된다. 그녀는 열성적인 비평가들에 의해서 너무나 칭찬을 받았는지도 모른다. 그들은 그녀를 위대한 서정시인으로, 미국 초월주의의 꽃으로 불렀다. 사실 그녀의 시는 사상의 아름다움과 표현의 아름다움을 지니고 있다.

New England에는 또 하나의 중요한 여류작가인 Sarah Orne Jewett (1849-1909)가 있었다. 모든 그녀의 사실주의적 단편소설들은 New England가 배경이다. 사실 그녀는 사실주의의 "지방색"파의 지도자들 중 하나였다. 남북전쟁 직후, 그 기간에 "지방색"은 미국문학의 한 중요한 부분이 되었다. 지방색은 그 나라의 특별한 지역에 대하여 무엇이 특별한가를 보려주려고 노력했다. Jewett의 인물들은 으레 보통사람들이고 New England의 평범한 작은 마을에 살고 있다. 그들이 말하는 방법, 그리고 그들 삶의 세부적인 것들은 한 장소로서 New England에 대한 강한 감정을 제공해 준다.

Jewett는 그녀의 인물들을 사실적으로 묘사하고, 상징주의로 심화시킨다. 예로서 *A White Heron*(1886)에서 백로는 자유와 아름다움의 상징이 된다. 젊은 여주인공은 한 나무가 숲 속에서 우뚝 솟아나서 "지구를 향해 가는데 커다란 메인 마스트임을 상징한다. 그녀는 나무 꼭대기에 기어올라가서 하얀 백로가 먼 나무 사이를 날아다니는 것을 본다. 이것은 그녀 인생에서 가장 소중한 경험 중의 하나가 된다. Maine주 해안에 있는 한 마을을 배경으로 한 *The Country of the Pointed Firs* (1896)는 Jewett의 걸작이다. 다시 그녀는 그녀의 인물들을 사실적으로 묘사하고 상징주의로 심화시킨다. "자연의 비밀의 해설자"로서 Mrs. Todd의 역할은 그녀가 약초를 모으는 사실에 의하여 상징되어 진다. 대부분의 작중인물들은 결코 "소금 공기가 나는 비늘판자를 댄 집이 있는 작은 마을" 밖으로 나온 적이 없다. 그러나 Captain Littlepage와 Mrs. Fosdick같은 한두 사람은 세상을 여행했다. 그들은 이제는 모두 늙은 이가 되었고, 마을 사람들과 이웃사람들의 작은 세계에서 만족하고 있는 것처럼 보인다.

미국 남부는 경제적으로 정신적으로 남북전쟁으로 인하여 파괴되어서 전후에 거의 중요한 문학을 생산하지 못하였다. 가장 훌륭한(혹은 한 비평가가 말한 것처럼, "최소로 보잘것없는") 시인은 Sidney Lanier (1842-1881)였다. 그는 *Marshes of Glynn*(1878)으로 기억된다. 이 시는 시인이 노년에 다달았을 때 어떻게 자연에 더 가까이 가는가를 묘사하고 있다. 그는 죽음은 영원으로 가는 문턱이라는 것을 자연으로부터 배운다. "신념은 의심을 압도한다. 그리고 나는 내가 알고 있는 것을 안다." 마침내 시인은 두려움 없이 그러나 호기심을 가지고 죽음을 학수고대한다. Lanier 또한 시작의 방법에 대한 중요한 책, *The Science of English Verse*(1880)를 썼다.

George Washington Cable(1844-1925)은 또 한 사람의 남부 작가였다. 그는 Mark Twain의 절친한 친구였고 자주 강연을 하면서 Mark Twain과 전국 여행을 했다. 중요한 "지방색" 작가인 그는 Creole(New Orleans 지역에 살고 있는 프랑스 백인들)족의 생활을 자세히 표현했다.

Parson Jove와 같은 이야기 속에서, 그는 Creole 문화와 이웃에 사는 남부 신교도 문화 사이의 재미있는 차이점들을 보여주었다.

Joel Chandler Harris(1848-1908)는 남북전쟁 전후의 기간에 있어서 가장 흥미있는 남부 작가였다. 비록 그가 백인이었지만, 그는 흑인 민간 전설을 보급시켰다. 그의 *Uncle Remus* 이야기는 1880년과 1892년 사이에 쓰여졌는데, 오늘날까지도 대부분의 미국인들에게 알려져 있고 사랑받고 있다. 이 이야기 속에서 한 늙은 노예는 백인 어린이에게 이야기를 들려준다. *Aesop's Fables*처럼 모두가 동물 이야기인데, 모든 동물들이 꼭 인간처럼 행동한다. 주인공은 일상적으로 어린 토끼 "Brer Rabbit"인데, 그는 그의 오랜 적인 "Brer Fox"로부터 도망하기 위하여 속임수를 쓴다.("Brer"는 "Brother"를 의미한다.) 비록 그가 더 약한 자이지만, 토끼는 여우보다 훨씬 더 영리하다. 한 이야기 속에서 Brer Fox는 토끼를 잡아서 먹으려고 한다. 그러자 그때 어린 토끼가 소리쳤다. "여우형, 먹고 싶으면 날 먹어요. 그러나 제발 저 가시덤불 속에 날 던지지 마!" 물론 여우는 그 짓을 했고, 그리고 토끼는 도망친다. 모든 Chandler의 이야기에서, 약자는 힘센 자와 강자를 저항하기 위하여 두 뇌를 사용한다. 이것은 흑인노예가 오랜 남부에서 그들의 주인에게 저항하는 방법과 똑같다.

남북전쟁 후 미국의 중심은 서부로 이동하고 미국인의 취향도 뒤를 잇는다. 새로운 문학의 시대는 유머와 사실주의의 시대였다. 새로운 주제는 미국 서부였다.

이런 경향은 "지방색" 사실주의의 선구자인 Bret Harte(1836-1902)와 함께 시작되었다. 그는 1850년대의 "Gold Rush"시절에 California로 이사온 New Yorker였다. 그는 그의 단편 *The Luck of Roaring Camp* (1868)로 첫 성공을 성취했다. 이 소설은 Gold Rush 중에 도박꾼, 매춘부, 그리고 주정뱅이로 가득 찬 더러운 광산 야영지를 배경으로 하고 있다. 그 야영지와 그곳 사람들은 한 아기가 그곳에서 태어나자 완전히 분위기가 바뀐다(혹은 "다시 태어난다"). 이 소설은 변경의 속악과 종교적 심상을 결합시키고 있으며, 아직도 여전히 아주 재미있게 처리하고 있다. Harte의 *Outcasts of Poker Flat* (1869)은 두 명의 매춘부, 한 명의 전문 도박꾼 그리고 또 한 명의 눈보라 속의 10대 소녀, 이들의 운명을 묘사하고 있다.

독자 대중들은 극서(Far West)에 대한 Harte의 소설을 좋아했고, 많은 작가들이 그의 뒤를 따랐다. 그의 이야기들의 참된 중요성은 그 후 소설과 영화에서 나타난 모든 "서부물"(Westerns)의 모형을 마련했다는 것이다. Harte의 작품에서 우리는 서부활극의 영화 속에 등장하는 모든 주요인물들을 보게 된다. 즉 예쁜 New England 교사, 보안관, 악한, 도박꾼 그리고 바걸(술집여자) 등을 본다. 그가 묘사하는 은행 강도와 바름의 싸움은 하나의 유명한 장르가 되었다.

William Dean Howells는 미국 서부는 "외부의 어떤 문명의 영향이 없이 묘사될 수 있으나, 동부는 항상 유럽을 그의 어깨너머로 두렵게 바라보고 있다."라고 말한 적이 있다. 이러한 자유로 인해서 서부의 작가들은 온 나라를 대표하는 최초의 "All-American" 문학을 만들어 낼 수 있었다. Mark Twain(1835-1910; 본명은 Samuel Langhorne Clemens)은 이 새로운 전망의 가장 훌륭한 본보기이다.

영국의 소설가 Charles Dickens는 Mississippi강을 "무서운 도랑"(horrible ditch)으로서 묘사했었다. 그러나 Twain과 더불어 이 강은 "모든 존재"(all existence)가 되었고 "인간의 여행"(the human journey)의 중요한 상징이 되었다. Twain은 Missouri주의 Hannibal에 있는 강에서 성장했다. 비록 이 작은 마을이 동부해안(East Coast) 문화의 중심지로부터 멀리 떨어져 있었지만, 이곳은 젊은 Twain이 성장하기에 완벽한 곳이었다. 그곳에서 많은 인디언 전설을 들을 수 있었고, 흑인 노예들의 이야기에 귀를 기울일 수 있었다. 그러나 강에서의 생활, 그 자체가 그에게 가장 많이 영향을 주었고, 커다란 증기선의 도착은 모험에 대한 소년시절의 꿈을 흥분시켰다.

1857년부터 4년 동안, Twain은 이들 강상의 보트 중의 하나에서 수로 안내인으로 일했다. 훨씬 훗날에 그는 강상에서의 낭만적 기억들을 기초로 한 그의 유명한 소설, *Life on the Mississippi*(1883)를 썼다. 남북전쟁으로 강상에서 보트사업을 할 수 없게 되자 그는 형과 함께 Nevada로 갔다. 그곳으로부터 그는 California로 갔고, 그리고 그곳에서 신문에 관한 일을 했다. 1865년에 그는 단편소설, *The Celebrated Jumping Frog*

를 써서 전국적으로 유명해졌다. California 광산 야영지에서 들었던 이야기에 기초를 둔 이 이야기는 한 유명한 개구리 경주선수를 사기쳐서 그를 패배시킨 분명히 순진한 생소한 사람에 대한 이야기이다. 그 새로운 낯선 사람은 다른 사람의 개구리 배에 조그마한 금속 알을 가득 채워 넣는다. 이것이 "남을 속이기(hoax)"라 불리는 한 전형적인 서부 유머 이야기이다. 모든 서부의 해학가들처럼, Twain의 작품은 평범한 보통사람이 노련한 전문가를 속이는 방법 혹은 약자가 강자를 속이는 데 성공한 방법에 대한 이야기들로 충만되어 있다. Twain의 가장 유명한 인물 Huck Finn은 이 분야의 대가이다.

1867년에 Twain의 신문사는 그를 유럽과 성지인 Palestine으로 파견했다. 그때 그의 편지가 출판되었을 때 Twain은 미국의 문학 영웅이 되었다. 그때 편지들은 그 최초의 주요 작품인 *The Innocents Abroad* (1869)가 되었다. 이 책은 유럽 귀족에 대한 그의 "민주주의적" 증오를 명백히 보여준다. 그가 위대한 옛 그림을 관람하는데 초대되었을 때, 그는 그 그림들을 칭찬하기를 거부했다. 사실 그는 아주 어리석은 질문을 하여서 그의 가이드를 장난삼아 속였다. 비록 그가 유럽인들에 대해서 비판적이었지만 유럽의 미국 여행자들에 대해서 훨씬 더 비판적이었다. 그는 그곳 유럽에서 미국 여행자들이 자기들이 본 예술 보물들에 흥분하는 체하는 그들을 비웃는다. 그들은 그들의 안내서에 그들이 흥분해야만 한다고 쓰여 있기 때문에 흥분하는 것이다. 그는 또한 거짓 종교적 감정을 보여주는 Jerusalem의 여행자들을 공격한다. 1880년에 Twain은 유럽에서 여행에 관한 또 하나의 유머스러운 책, *A Tramp Abroad*를 쓰려고 시도했다. 그러나 이 책은 첫 번째 것만큼 신선하지도 않고, 또 재미있지도 않았다.

The Innocents Abroad는 Twain이 뒤이어 내놓은 중요한 책, Roughing It(1872)에 대한 모범을 만들었다. 이 책은 극서(Far West) 지방에서의 그의 여행에 관한 것이었다. 이 책은 일련의 신문기사로서 시작되었다. 그는 우리에게 그가 만났던 사람들의 명확한 모습을 보여준다. 즉 카우보이들, 역마차의 마부, 범인, 그리고 "법률인"(lawman) 등이다. 이 책은 많은 장난, 그리고 또 다른 모습의 서부 유머로 특색을 이룬다. 한 에피소드는 낙타가 Twain의 공책 위에서 숨막혀 죽는다.

남북전쟁의 기간은 소수의 백만장자 사업가들이 미국사회에서 막강한 힘을 가졌던 때였다. 갑부의 도시 집들은 궁전처럼 보였고, 그리고 많은 사람들은 새로운 "황금시대"로서 이 기간을 생각했다. 그러나 황금은 오직 피상적인 것이었고, 밑바닥에서 미국사회는 범죄와 사회적 비리로 충만되어 있었다. 사실 그 시대는 단지 "도금시대"였다. 그 금은 아주 얇은 층이었다. Mark Twain은 Charles Warner와 함께 쓴 그의 다음 소설 The Gilded Age(1837)에 이 말을 만들어 냈다. 이 소설은 남북전쟁 후 미국의 새로운 도덕(혹은 부도덕)을 묘사하려고 시도한 처음 소설 중의 하나였다. 이 소설의 새로운 요소 중의 하나는 단지 한 지역의 모습이 아닌 온 나라의 모습을 담고 있다는 것이다. 비록 이 소설이 수많은 Twain의 전형적이고 유머스러운 인물들을 지니고 있지만, 진짜 주제는 옛 이상주의에 대한 미국의 상실이었다. 이 소설은 많은 젊은이들이 부자가 되고자 하는 꿈에 의하여 얼마나 도덕적으로 파괴되어 있는가를 묘사하고 있다.

Twain의 Adventures of Tom Sawyer(1876)는 미국문학의 인기 있는 주제인 "악동"(bad boy)에 대한 이야기였다. 두 어린 주인공, Tom과 Huck Finn은 그들이 오직 성인세계의 어리석음에 대항하여 싸우기 때문에 "나쁜" 애들이다. 결국엔 애들이 승리한다. Twain은 자기 소설의 이야기에 고도로 사실적인 배경을 만들어 냈다. 우리는 소설 속의 마을을 매우 잘 알게 되고, 많은 다채로운 인물들, 무덤 그리고 유령이 있는 것으로 추측되는 집 등을 알게 된다. 비록 Tom과 Huck 사이에 많은 유사성이 있지만, Tom은 매우 낭만적이다. 그의 인생관은 중세의 기사에 대한 책에서 온다. Tom의 창가 밖에서 Huck이 내는 휘파람 소리는 모험의 밤을 위해서 Tom을 밖으로 불러내는 소리다. 그런 다음엔 Tom은 항상 자기 Polly 아주머니 집으로 돌아온다. 그러나 Huck은 실제로 집이 없다. 이 소설의 종말에 우리는 Tom이 성인으로 성장한 것을 볼 수 있다. 곧 그는 성인세계의 일원이 될 것이다. 그러나 Huck은 진실로 외부의 사람이다. 그는 보다 힘든 생활을 하고, 그리고 Tom이 그랬듯이 세상을 결코 낭만적으로 보지 못한다.

몇몇 비평가들은 Twain은 오직 아동들에 대해서 글을 쓸 때만 잘 쓴다라고 불평을 한다. 그들은 Twain의 심리상태는 정말로 오직 아동의 심리상태였다고 말한다. 이 말은 사실일는지 모른다. 그러나 그의 가장 위대한 소설 *The Adventures of Huckleberry Finn*(1884)에서 Twain은 이 어린 주인공에게 막중한 성인문제들을 제공한다. Huck과 도망친 노예 Jim은 뗏목을 타고 미시시피강 하류로 떠내려간다. 그들 도피 여행 중에, 여러 많은 도시와 마을들을 도피 도중에 지나가면서 Huck은 세상의 악에 대하여 배우게 된다. 또 한편 Huck은 커다란 도덕적 문제에 직면한다. 그 당시 사회의 법에 의하면 그는 Jim을 그의 "주인"(owner)에게 돌려보내야만 한다. 그러나 이 책의 가장 중요한 부분은 노예가 "물건"(thing)이 아닌 사람이라고 Huck이 설정하는 부분이다. Huck은 도덕에 대해서 깊이 생각한다. 그리고 그 법을 파괴하기로 결심한다.

그 후 그는 이 이상 더 어린애가 아니다. 많은 사람들은 *The Adventures of Huckleberry Finn*을 미국 민주주의의 위대한 소설로서 본다. 이 소설은 기본적인 선과 보통사람들의 지혜를 보여준다. 이 소설은 또한 "훗날 많은 서부 작가들의 학교"라고 불려졌다. 이들 가운데 하나인 Sherwood Anderson은 이 책을 자신의 소설 *Winesburg, Ohio*(1919)의 모형으로 사용했다. Ernest Hemingway는 그의 문체가 Twain의 문체에 기초를 두고있는데, 전에 한번 말하기를, "모든 현대 미국문학은 Huckleberry Finn에서 온다."라고 설파했다.

그의 후기 소설에서 Twain은 민주주의에 대해서 덜 희망적인 것처럼 보인다. *A Connecticut Yankee in King Arthur's Court*(1889)에서 주인공은 한 공장의 사장이다. 그는 머리를 얻어맞고 6세기의 영국에서 깨어난다. 그는 19세기 발명가이기 때문에 이 세상을 현대화하기 시작한다. 그리고 그는 많은 것을 알고 있기 때문에 "두목"(the Boss)이라 불리는 일종의 독재자가 된다. 많은 면에서 Twain은 "도금시대" 중 기술과 사업하는 보스들의 지도력을 둘 다 찬양하고 있는 것처럼 보인다. Twain의 주인공처럼 이들 보스들도 그들이 사회의 보통사람들보다 더 많이 알고 있다고 생각했다.

Twain의 염세주의는 나이가 들수록 더욱 더 깊어갔다. *The Man That Corrupted Hadleyburg*(1900)에서 그는 정직함으로 유명했던 마을을 묘사하고 있다. 결국엔 마을의 모든 사람들이 커다란 황금가방을 얻기 위하여 거짓말을 했다. *$30,000 Request*(1904)도 똑같은 주제를 가진 또 하나의 이야기이다. *The Mysterious Stranger*(Twain의 사후 1916에 출판됨)에서 한 천사는 중세기에 영국 마을에 있는 3명의 소년들을 방문한다. 그는 그들의 친구가 되고, 그들에게 인간의 악을 보여준다. 그들의 순진무구한 행복을 파괴한 후, 그는 마침내 자신이 사탄(Satan)임을 발표한다. Twain은 인간의 성품을 일종의 기계로 보았다. "나는 인간과 시계 사이의 어떠한 큰 차이점도 보지 못한다. 인간이 의식이 있고, 시계는 의식이 없다는 점만 빼놓고는." 인간의 악은 기계와 더불어 잘못된 어떤 것으로부터 온다.

모든 Twain의 글을 통해서 우리는 미국인이 이상과 돈에 대한 그들의 욕망 사이의 갈등을 본다. Twain은 결코 그 갈등을 해결하려고 노력하지 않았다. 그는 자기가 본 것을 보도하는 신문기자 같았다. 그의 유머는 흔히 오히려 유치한 것이었다. 여러분들이 Twain의 몇 작품들을 읽어본 후, 한 비평가의 다음과 같은 의견에 동의하겠는가. "Twain은 한 소년이며, 또 한 노인이다. 그러나 결코 어른은 아니다."

Twain은 인생의 마지막 단계에서 질병과 슬픔으로 고통의 나날을 보냈다. 그의 글은 염세적이고 냉소적인 어조를 띠기 시작했지만, 그래도 그는 훌륭한 유머 작가로서, 그리고 아무도 능가할 수 없는 영어 산문체를 성취한 예술가로서 오래도록 기억될 것이다.

제7장 사실주의와 자연주의 문학

1875년까지 미국 작가들은 문학에 있어서 사실주의를 향해 나아가고 있었다. 우리는 이런 사실을 Bret Harte와 Mark Twain의 실생활과 같은 묘사에서 볼 수 있다. 그러나 Twain의 이야기들은 여전히 "과장된 이야기"(tall tales)와 있을 법하지 않은 우연의 일치 등 많은 비사실적 특질을 가지고 있었다. 그는 결코 순순한 사실주의자는 아니었다. 한편 프랑스에서는 사실주의가 매우 진지한 문학운동이 되었었다. Zola와 같은 프랑스 소설가들은 문학과 사회 사이의 관계를 변화시키고 있었다. 그들에게 사실주의는 이데올로기였고 소설은 정치적 무기가 될 힘을 가졌었다.

William Dean Howells(1837-1920)는 미국 사실주의를 위한 최초의

이론을 정립했다. 그는 많은 중요한 추종자들을 가졌었다. 그의 휘하에서 사실주의는 미국문학의 주류를 형성했다. 1891년에 그는 New York 시에 있는 *Harper's Monthly*지의 편집자가 되었다. 그는 Harper's지를 "낭만주의" 문학에 대항하는 무기로 만들었다. 그는 이런 낭만주의 작품들은 인생에 대하여 거짓된 견해를 만들어낸다고 생각했다. 그리고 편집인으로서 그는 Hamlin Garland와 Stephen Crane 같은 보다 젊은 소설가들을 도울 수 있었다. 그는 또한 Mark Twain과 Henry James의 친구였고 지원자였다.

Howells는 그의 사실주의자 이론을 그의 소설 속에서 실천에 옮겼다. 그의 초기 소설 중의 하나인 *A Modern Instance*(1882)의 주제는 대중에게 충격을 주었다. 그 주제는 이혼에 관한 것이었는데, 그 당시에는 공개적으로 말하거나 글로 쓰여지지도 않았던 주제였다. 그의 인물들은 매우 복잡하고 매우 비낭만적이었다. 저자는 작중인물들의 고뇌에 대해서 사회를 비난한다. 이것은 또한 그가 만년에 많은 소설에서 취했던 자세이다.

Howells의 다음 소설 *The Rise of Silas Lapham*(1885)은 페인트 사업으로 부자가 된 보통의 교육받지 못한 사람에 대한 이야기이다. 이 소설은 주인공이 보스턴의 "상류사회"에 들어가기 위한 헛된 시도를 묘사하고 있다.

결국 그는 다른 사람을 사기치는 것을 거부했기 때문에 그의 페인트 사업이 망한다. 이 소설에는 디너파티에서의 유명한 장면이 있는데, 그 디너파티에서 등장인물들은 문학을 토론한다. 한 어리석은 젊은 부인이 인기 있는 낭만주의 소설에 대하여 이야기한다. "그 소설에는 사랑하는 구식 남녀 주인공이 등장해요. 그들은 줄곧 서로를 위해서 죽을

각오가 되어있고, 서로를 위해서 가장 불필요한 희생도 하려고 해요."

그 당시의 많은 낭만주의 소설들은 젊은 여성 독자들을 위하여 쓰여져 있었다. "구식의 주인공" 그리고 "불필요한 희생"과 같은 말들은 낭만주의 작가들이 이런 독자들을 위하여 창조해낸 아름다운 그림 속에 있는 평범한 요소들이었다. 또 하나의 인물 Mr. Sewell은 Howells 자신의 의견을 표현하고 있다. 그는 이런 낭만적 어리석은 소리를 공격한다. 그는 많은 사람들의 "모든 지적 경험"을 형성할 소설의 힘에 대하여 불평한다. 그리고 그는 계속해서 말한다. "소설가들이 인생을 있는 그대로 그린다면, 그리고 진실한 비율과 관계 속에서 인간의 감정을 그린다면 우리에게 가장 큰 도움이 될는지도 모른다."

Howells는 Frank Stockton(1834-1902)이나 *Ben-Hur*(1880, Lew Wallace 저)처럼, 역사적인 로맨스와 같은 인기 있는 작가들의 낭만적인 작품을 증오했다. 이런 소설들은 "사람으로 하여금 생활을 잊게 하고, 모든 생활의 근심과 의무를 잊어버리게 한다."라고 Howells는 말한다. 소설은 "생각을 하도록 해야 하고, 사람에게 창피를 주어 보다 더 도움이 되는 인물이 되도록 만들어야 한다." 1880년대의 대부분의 미국인들처럼, 그는 사업과 사업가들은 사회의 중심에 있음을 깨달았다. 그리고 그는 소설은 그들을 묘사해야 한다고 생각했다. 훌륭한 사실주의자는 "보통사람의 평범한 감정"에 관심을 가져야 한다. 다른 한편 그는 작가는 사회를 있는 그대로보다 더 추하게 묘사해서는 안 된다고 생각했다. 그는 프랑스 사실주의자들이 그들의 소설을 살인, 범죄, 그리고 "죄를 범한 성"으로 가득 채웠던 방법을 찬성하지 않았다. 미국 소설은 "더 많이 미소짓는 생활의 모습"을 묘사해야 한다는 것이 그의 주장이었다.

그러나 *A Hazard of New Fortunes*(1890)에서 Howells는 사회에 대

하여 "미소짓는 모습"으로부터 외면하는 것처럼 보인다. 이 소설은 조금씩 조금씩 이 사회의 지독히 고통받는 가난한 사람들에 대해서 배우는 한 인간의 이야기이다. 이때부터 Howells는 그 자신의 일종의 사회주의자가 되어가고 있었다. 이러한 새로운 시야는 그에게 사실주의 이데올로기에 대한 새로운 법칙을 첨가하도록 했다. 즉 예술과 예술가는 사회의 가난한 사람들을 위하여 봉사해야 한다. 그때부터 그는 미국 자본주의의 악을 공격하기 시작했다. Tolstoy처럼 그는 이기적인 경쟁보다는 오히려 친절과 사회의 모든 사람들과의 연합을 위하여 논의했다. 조금 지나서 Howells는 완벽한 정의와 행복이 있는 이상사회에 대한 "이상향" 소설을 쓰기 시작했다. 이 부류의 소설에는 *A Traveler from Altruria*(1894)와 *Though the Eye of the Needle*(1807) 등이 있다.

Edward Bellamy(1850-1898)는 가장 유명한 미국의 "이상향" 소설을 썼다. 그의 *Looking Backward, 2000-1887*(1888)에서 한 인물은 잠이 들었다가 2000년에 잠에서 깨어난다. 그는 자신이 살던 사회보다 전적으로 훨씬 더 좋은 새로운 사회를 발견한다. 작가의 목적은 1880년대의 미국 자본주의자를 비난하는 것이다. 그는 동료 미국인들에게 사회가 어떻게 되어야 하는가에 대한 모습을 보여주고 있다. 오늘날 이 책은 조금 너무나 낙천적으로 보인다. Bellamy는 사회의 문제는 보다 높은 수준의 산업화에 의하여 해결되어질 수 있다고 확신했다. 오늘날 많은 사람들은 그렇게 확신하지 않고 있다.

1890년대에 있어서 많은 사실주의자들은 "자연주의자들"이 되었다. "자연주의"라는 말은 프랑스 소설가 Emile Zola가 만들어낸 말이었다. 인간생활은 연구하면서 자연과학자는 많은 발견과 현대과학의 지식을 이용했다. 자연과학자는 사람은 사실 "자유"로운 존재가 아니라고 믿었다. 오히려 인간의 생활, 의견 그리고 도덕은 모두가 사회적, 경제적, 그리고 심리적 원인에 의하여 통제되었다.

미국 최초의 자연주의자인 Stephen Crane(1871-1900)은 과학적 방법에 많은 영향을 받지 않았다. 그는 놀라운 공감과 상상력을 가진 천재였다. 스물 두 살 나이에 *Maggie: A Girl of the Streets*(1893)라는 소설의 저자로서 유명해졌다. 이 소설은 New York시의 빈민지역에서 성장한 한 소녀의 슬픈 이야기이다. 그녀는 가족과 친구들에게 배반당하여 결국은 매춘부가 되어야만 한다. 거의 매일 그녀는 사회의 폭력과 잔인함을 경험한다. 결국 그녀는 강으로 가서 "재목들이 기름투성이가 되어 포개있는" 강물을 내려다본다. 그런 다음 강에 뛰어든다.

Maggie처럼 모든 Crane의 인물들은 그들 환경에 의하여 통제된다. 이것이 Crane을 "자연주의자"로 만든 것이다. 비록 Maggie가 선해지기를 원하지만, 주변생활의 사건들이 그녀를 악하게 만든다. Crane의 가장 위대한 소설 *The Red Badge of Courage*(1895)에서 전쟁의 사건들은 한 젊은 청년이 영웅인 것처럼 보이게 만든다. 이 이야기의 배경은 남북전쟁이다. 작가의 입장에서 보면, 전쟁은 인간을 짐승으로 변화시킨다. 자신이 죽게될 것을 알면서 젊은 주인공 Fleming은 자기 생명을 구하기 위하여 짐승처럼 뛰어간다. 뛰고 난 후 그는 자신이 겁쟁이인 것에 증오한다. 그리고 난 다음 그는 우연히 머리를 친다. 다른 병사들은 그것이 전쟁의 상처라고 생각한다. 그들은 모두가 그것은 "용기의 붉은 뱃지"라고 부른다. 후에 또 다른 전투에서 Fleming은 다시 짐승처럼 행동한다. 전쟁터 같은 세상은 의미 없는 혼돈으로 충만된다. 선과 악, 영웅과 겁쟁이가 모두가 단지 우연의 일이요, 운명의 짓이다.

비슷하게 그의 단편소설 *The Open Boat*(1898)에서 Crane은 생과

사 까지도 어떻게 운명에 의하여 결정되는가를 보여준다. 배가 파선된 후 네 명의 사람들이 생존을 위해서 투쟁한다. 결국 세 명은 살고 한 명이 죽는다. 그러나 다시 어떤 모형도 없다. 심지어 하나님도 없다. 오직 운명과 바다만이.

Crane의 장소와 사건의 묘사는 둘 다 사실적이고 시적이다. 그의 문체는 어느 자연주의자보다도 훨씬 더 자극적이다. 그는 찬란한 "인상"을 창조하기 위하여 색깔과 음색단어(word-sound)를 사용한다. 놀랄 것 없이 그는 또한 훌륭한 시인이었다. 그의 비극적인 짧은 인생이 바로 끝나는 1899년에 Crane은 *War Is Kind*라는 시집을 썼다. 이 시는 그의 소설의 핵심인 주제를 표현하고 있다.

A man said to the universe,
"Sir, I exist!"
"However," replied the universe,
"The fact has not created in me
A sense of obligation[A]."

[A]owing something

우리가 살펴볼 수 있는 것처럼, Crane의 자연주의는 Howells의 "미소짓는 생활의 양상"으로부터 멀리 떨어지도록 했다. 사실 이것이 모든 사실주의자들의 경향이었다. 한 매우 중요한 그룹은 사회 비평의 방향으로 나아갔다. 예로서 *The Damnation of Theron Ware*(1896)에서 Harold Frederic(1856-1898)은 현대 종교를 공격한다. 한 이상적인 젊은 목사가 작은 마을에 간다. 그곳의 작은 교회의 교인들은 진실한 기독교인들이 아니다. 그들은 유태인, 흑인, 카톨릭교인 그리고 "학문"을 증오한다. 그들의 유일한 종교는 돈이라는 "현금의 종교"이다. 이것이 미국 보통사람들의 추한 면이다. 1890년대에 쓰여진 다른 소설들처럼, 이 소설은 미국사회의 진보에 대하여 깊은 의심을 표현한다.

　Hamlin Garland(1860-1940)의 자연주의는 보통사람을 위한 깊은 동정심으로 충만되어 있었다. 그의 문학은 사회 항의에의 형식이었다. *Main-Travelled Roads*(1891)라는 책에서 Garland는 중서부 농부들의 삶을 매우 고통스럽고 불행하게 만든 상황에 대하여 항의하고 있다. 비록 그가 인생을 외부의 상황에 의하여 "결정"되는 것으로 보았지만, 그는 그의 소설이 이러한 상황을 변화시키는데 기여하기를 희망했다. 그는 "진실주의"("진실"을 의미하는 verity 단어에서 옴)라 불렀던 글 쓰기 방법을 발전시켰다. 그는 주의 깊은 사실적 방법으로 사람, 장소 그리고 사건들을 묘사했다. 이것이 그가 가난하고, 애처로운 농사짓는 마을을 묘사했던 방법이다. "비포장된 거리, 충충한 황갈색의 비참한 썩은 나무로 된 건물들"이 그것이다. 그의 묘사의 문체는 흔히 Crane의 문체처럼 인상적이다. 즉 그는 감정과 색깔과 광경을 혼합한다. 그러나 이러한 묘사 뒤에는 항상 메시지가 있다. 즉 그것은 미국사회에 아주 잘못된 것이라는 것이다. 농부들은 절망적인 삶을 영위한다. *Main-Travelled Roads*에 있는 단편 중의 하나인 *Up the Coulé*에서 한 작중인물은 메시지를 직접 표현한다.

A man like me is helpless. . . . Just like a fly in a pan of molasses.

There ain't any escape for him. The more he tears[A] around, the more liable[B] he is to rip[C] his legs off.

[A]runs in fear [B]likely [C]tear

Hamlin Garland는 19세기 말의 "American Dream"의 실패를 묘사하고 있었다. 많은 20세기 자연주의자들처럼 그는 미국 자본주의의 힘이 개인의 자유를 파괴했다고 생각했다. 즉 "사업의 세계에서 한 사람의 인생은 다른 사람의 인생으로부터 끌어내는 것처럼 보인다. 각자의 성공은 다른 사람의 실패에서 나온다."

Ambrose Bierce(1842-1914)는 19세기 말 미국에서 사실주의자도 자연주의자도 아닌 극소수의 주요 작가 중의 하나이다. 보통사람들에 있어서 일상생활의 투쟁은 그의 관심을 끌지 못했다. Edgar Allan Poe처럼 그는 무시무시한 사건이나 죽음의 이상한 형태를 묘사하기를 좋아했다. *Tales of Soldiers an Civilians*(1891)와 *Can Such Things Be?*(1893)에 있어서 남북전쟁에 대한 그의 유명한 단편소설은 실제로 공포소설이다. Irony는 그들 소설에 있어서 중요한 요소이다. 사건들은 작중인물이 그렇게 되리라고 희망하거나 기대하는 방식대로 좀처럼 일어나지 않는다. 운명은 흔히 사람들이 원하지 않는 일을 하도록 만든다. *A Horsman In the Sky*(1891)에서 북군의 한 젊은 병사는(그는 남부에서 태어났는데) 그의 옛집에서 아버지를 만난다. 그러나 그들의 만남에는 어떤 기쁨도 없다. 왜냐하면 아버지가 남군의 장교이기 때문에 아들은 아버지를 죽여야만 하기 때문이다.

Bierce는 또한 세부적인 것들을 통제함에 있어서 Poe와 비슷하다. 이야기 속의 각 세부들은 전체의 이야기에 의하여 창조되는 명확하고 단일한 인상의 일부분이다. 개개의 부가적인 세부는 작중인물에 대해서 기다리는 아이러닉한 운명의 보다 더 명백한 인상을 제공한다. *The Devil's Dictionary*(1911)에서 Bierce는 그의 아이러닉한 세계관을 표현하기 위하여 유머를 사용한다. 여기에 몇 마디 평범한 단어에 대한 비상한 그리고 예기치 않은 정의가 있다.

Patience : a form of despair, disguised as a virtue
Realism : the art of depicting nature as it is seen by a toad
Reality : the dream of a mad philosopher
Twice : once too often
Year : a period of three hundred and sixty-five disappointments

Henry James(1843-1916)는 사실주의자였지 자연주의자는 아니었다. Howells나 자연주의자들과는 달리 그는 사업, 정치 혹은 사회의 상황 등에는 관심이 없었다. 그는 시대의 기록자라기보다는 마음의 관찰자였다. 그의 사실주의는 일종의 특별한 심리적 사실주의였다. 그의 소설들은 대 사건이나 흥분되는 행동 같은 것은 거의 없다. 사실 그의 마지막(그리고 가장 훌륭한) 소설의 인물들은 거의 전혀 어떤 것도 하지 않는다. 사건들이 그냥 인물들에게 일어난다. 그러나 그 인물들의 행동의 결과로서가 아니다. 인물들은 그들이 인생을 살아가기보다는 인생을 관찰한다. 우리는 이야기의 사건들에 어떻게 그들의 마음이 반응하는가만 관심이 있다. 그들이 무엇을 보는가? 그들이 어떻게 이해하려 하는가? 인물의 변화하는 의식이 진짜 이야기이다. Henry의 형이자 철학자인 William James는 이러한 종류의 문학에 이름을 지어주었다. 그는 그것을 "의식의 흐름"(stream-of-consciousness) 문학이라고 불렀다. 19

세기 말에 있어서 대부분의 독자들은 이런 새로운 접근에 준비가 되어 있지 않았다. 그래서 Henry James의 독자들도 이런 새로운 접근에 준비가 되어 있지 않았다. 그래서 Henry James의 가장 위대한 소설들은 매우 인기가 있지 않았다. 그러나 20세기 문학에서 "의식의 흐름" 수법은 아주 평범한 것이 되었다. 현대 심리학과 Henry James 같은 작가의 덕택으로 우리는 지금 마음의 움직임에 더 많은 관심을 가지고 있다. 우리는 우리 머리 속의 사건들이 바깥 세계의 사건들만큼 극적인 것이 될 수 있음을 알고 있다.

우리는 으레 작가로서 James의 생애를 초기, 중기, 원숙기의 3단계로 분류한다. James는 다소 서서히 자신의 원숙한 문체(혹은 완전하게 발전된 문체)를 발전시켰다. 그의 초기 소설은 유럽에서의 미국인의 삶을 통한 그의 생각과 감정을 취급하고 있다. James는 자신이 대부분의 삶을 영국에서 보냈다. 그리고 1915년에 그는 마침내 영국 시민이 되었다. *Roderick Hudson*(1876)은 이태리에서의 한 젊은 미국 예술가의 실패를 이야기하고 있다. 비록 그가 천재였지만, 이 젊은이는 도덕적 힘이 결핍하기 때문에 실패한다. *The American*(1877)은 미국의 "순진함"(innocence)과 유럽의 "경험"(experience)을 대조하고 있다. James는 그의 작품 전반을 통하여 대조를 이용한다. 많은 James의 후기 미국인 주인공들처럼, Christopher Newman(*The American*에서)은 문화와 보다 나은 삶을 찾아서 유럽에 간 부유한 젊은이다. 그곳에서 그는 한 젊은 여자를 만나고 그녀와 결혼하고자 원한다. 그녀 또한 그와 결혼하고 싶어한다. 그러나 비록 그가 훌륭하고 지적인 청년이지만, 그녀의 가족은 그 결혼을 허락하지 않는다. 그들은 가장 나쁜 류의 유럽의 귀족이다. 그들은 딸의 행복보다는 그들 가족의 이름에 더 많은 가치를 둔다. 그들은 "파괴적인 인생을 증오하는 명예"를 가지고 있다. 이야기는 빨리 그리고 명확하게 진행된다.

Daisy Miller(1897)는 유럽의 경직되고 전통적인 가치에 의하여 패배된 미국의 순진성에 대한 또 하나의 소설이다. Daisy는 그녀의 "자유"로운 미국의 정신을 유럽에서 가져온다. 그녀는 사람들을 사회계급의 구성원으로서 보다는 인간 개인으로서 바라본다. 그녀는 한 젊은 미국인을 만나게 되는데, 그는 유럽에서 오랫동안 살아와서 그곳의 똑같은 냉정함이 감염되어 있다. 이들의 냉정함은 마침내 Daisy를 죽음에 이르게 한다.

The Portrait of a Lady(1881)는 James의 "중기"의 가장 훌륭한 소설이다. 또다시 한 젊은 영리한 미국 소녀가 "인생을 탐험"하기 위하여 유럽에 간다. 많은 좋은 결혼제의를 받은 후, 그녀는 그릇된 사람을 선택한다. 이 소설의 가장 중요한 부분은 그녀가 자신의 과오를 깨닫는 부분이다. 그녀는 늦은 밤에 그녀의 "어둠의 집"에 홀로 앉아있다. James는 이 조용한 시간에 그녀의 내적 의식을 보여준다. 그녀가 저지른 과오를 "움직이지 않고 바로 보는 것"에 대한 작가의 묘사 속에는 굉장한 드라마가 있다. 이 드라마는 그녀의 행동에 의해서가 아니라 그녀 마음 속의 생각에 의하여 창조된다. 이 묘사는 James의 "원숙기"의 시작임을 표시한다.

이후 조금씩 이 극적 행동은 거의 James의 소설에서 사라진다. 작중인물들은 으레 서로 다른 양상과 그들이 처해 있는 상황의 가능성에 대하여 이야기하면서 시간을 보낸다. 때때로 드라마는 작중 인물이 세상을 바라보는 방법이 변화할 때 다가온다. *The Princess Casamassima*(1886)에서 주인공은 유럽의 귀족사회를 파괴하기를 원하는 혁명가이다.

그러나 점점 그는 귀족의 "경이롭고 소중한 것들의 세계"와 사람에 빠지게 된다. 이러한 마음의 변화는 그의 자살로 이어진다. *The Ambassadors* (1903)에서 한 중년의 미국인은 유럽사회의 "악"으로부터 친구의 아들을 구원하기 위하여 파리에 간다. 그가 도착했을 때, 그는 아직도 도덕적인 뉴잉글랜드 사람이었다. 그는 그가 본 모든 것을 마땅치 않다고 생각한다. 그러나 서서히 그는 완전히 다른 방법으로 유럽을 보기 시작한다. 결국 소년은 "구원"이 된 것에 행복하여 미국으로 돌아간다. 그러나 그는 유럽에 남기를 원한다.

Henry James는 결코 크고 세부적인 사회의 모습을 그리려고 시도하지 않는다. 오히려 그의 소설에서 그는 단 하나의 혹은 문제를 선택한다. 즉 자주 그 문제는 예술의 본질에 대한 것이다. 그리고 다음 그의 상상력을 이용하여 그는 여러 관점으로부터 하나의 문제를 연구한다. 그의 우수한 단편소설에서, 우리는 이러한 방법이 어떻게 작용하는가를 명백히 볼 수 있다. *The Real Thing*(1893)에서 그 문제는 예술이 어떻게 현실을 변화시키는가이다. 예술가는 전형적인 귀족의 모습을 창조하기를 원한다. 그가 자기의 모델로서 진짜 귀족들을 이용하기를 시도할 때, 그는 실패하고 만다. 그는 서민계급 모델이 "진짜 것"보다 그의 목적에 더 좋다는 것을 발견한다. 진짜 귀족은 너무나 진짜이기 때문에 그는 그의 상상력을 이용할 수가 없다. The Death of the Lion (1894)에서 한 유명한 작가는 너무나 인기 있는 문제에 직면한다. 그는 그의 찬양자들과 더불어 너무나 바빠서 글을 쓸 수가 없게 된다.

Henry James가 그의 단편과 소설을 취급함에 있어서 또 하나의 문제는 "살아보지 않은 인생"(unlived life)이다. 주인공은 인생에 대하여 매우 두려워서 진실로 인생을 살아갈 수가 없다. *The Beast in the*

Jungle(1903)에서 주인공은 무서운 어떤 것이 그에게 일어날 것이라고 확신한다. 훨씬 뒤에 그는 그를 기다리는 무서운 운명은 그에게 아무것도 일어나지 않는다는 것임을 발견한다. James가 자주 연구한 또 하나의 문제는 아동들을 그들 주위의 악과 불멸의 세계로 소개하는 것이다. 이것이 바로 *What Maisie Knew*(1897)와 *The Turn of the Screw* (1898)의 주제이다. 후자는 두 명의 아동과 그들의 간호원에 대한 유명한 귀신이야기이다. 그 간호원은 귀신들이 어린이들에게 출몰한다고 확신한다. 그러나 이 귀신들이 진짜인지 혹은 오직 간호원의 마음 속에 있는 것인지 독자에게 분명치 않다.

사적인 생활에 있어서든 그의 문학에 있어서든 James에게 미국인이라는 것은 하나의 큰 문제였다. "미국인이라는 것은 하나의 복잡한 운명이다."라고 그는 글을 썼다. 비록 그가 대부분의 인생을 해외에서 살았지만, 이것은 항상 중심 주제였다. 그의 글에서 미국인은 항상 유럽의 문명에 의하여 "시험"되어진다. 그리고 비슷하게 유럽 문명의 성취는 항상 미국 문명의 새로운 가능성에 의하여 시험되어진다.

제8장 세기의 전환

18 80년대 중엽에 훌륭한 교육을 받은 Boston 인텔리 지식인들은 죽고 사라져버렸다. 대신 부유한 사업가들이 Boston 생활의 지도자로서 옛 "문학의 귀족"을 차지했다. 이런 변화는 Brahmin그룹의 가장 나이 어린 회원 중의 하나인 Henry Adams(1838-1918)의 마음을 깊이 슬프게 했다. 그의 조부와 증조부는 미국 대통령이었다. 그도 그들 조상처럼 언젠가는 백악관에서 살리라고 희망했다. Adams는 정치적 생애를 영위하기 위하여 Washington D.C로 이사했다. 그러나 모든 그의 정치적 계획은 실패했다. 대신 그는 두 편의 소설을 썼다. 첫 번째 것은 *Democracy*(1880)라는 작품인데 이것은 국가의 수도에 대한 정치적, 사회적 생활에 관한 풍자였다. 그의 *Esther*(1884) 작품은 한 젊은

여자의 교양교육에 대한 것이었다. 비록 그가 소설가로서 재능이 있었지만, Adams의 진실한 사랑과 재능은 역사에 대한 것이었다. 그는 역사가 "생생하고 흥미 있는" 것임을 알았다. 그는 History of the United States of America during the Administrations of Jefferson and Madson(1889-1891)을 연구하고 집필하면서 12년의 세월을 보냈다. 이 책은 역사책이며 또 예술작품이다. Prescott와 Brahmin 역사가 Parkman처럼, 그는 독자들이 위대한 사건의 "무드"(mood)를 느끼도록 돕기 위하여 시적 문체를 사용했다. 그러나 자연주의 소설가들처럼 그는 인류 역사의 힘에 대하여 과학적 해설을 제공하려고 노력했다.

Adams는 그의 Mont-Saint-Michel and Chartres(1904)라는 작품으로 가장 잘 기억되어진다. 표면적으로 이 책은 두 개의 유명한 프랑스 종교적 자리 터에 대한 안내서이다. 한 비평가(Van Wyck Brooks)가 지적했듯이 Adams의 "현재에 대한 경멸은 과거에 대한 사랑과 함께 성장했다." 건축, 시 그리고 12, 13세기의 철학에서 그는 평화를 발견했다. 유럽의 옛 문화는 조용한 통일성을 지니고 있었다. 그러나 미국의 새로운 문화는 조용함도 통일성도 가지고 있지 않았다. 이 책이 출판되었을 때, Adams는 그가 대중운동의 지도자가 되었음을 발견하고 깜짝 놀랐다. 많은 젊은 사람들이 현세에 대한 그의 불만을 공유했다.

The Education of Henry Adams(1907)는 똑같이 아름다운 책이다. 저자는 한 여행으로서 그의 교육을 묘사한다. 처음에 그는 생애를 탐구하고, 그 다음엔 현대 세계에 있어서의 의미를 탐구한다. 두 개 탐구는 실패로 끝난다. 현재의 세계는 너무 많은 "의미들"을 가지고 있다. 19세기 교육은 이 신세계를 설명할 수가 없다. 자연주의자인 Adams에게 비인간적인 통제불능의 힘은 우리의 생활을 지배한다. 즉 "혼돈은 자연의 법칙이고, 질서요, 인간의 꿈이다." 중세 때에 질서에 대한 인간의 꿈은 기독교 교회에 의하여 성취되었다. 그러나 빠른 변화와 진보의 새로운 시대에서는 그 질서는 상실되었다. Adams는 자주 옛 이상을 표현하기 위하여 성모 마리아의 이미지를 사용한다. 즉 그녀는 통일성과 내적 정신의 힘을 나타낸다. 전기와 증기기관은 새로운 "말없는 무한한 힘"을 나타낸다. 그리고 그 힘은 오늘날 현대 세계를 지배한다. 그러나 이런 기계들—그리고 그들을 작동하기 위하여 사용되는 힘들—은 결코 인간의 생활 질서의 옛 꿈을 성취할 수 없다. 그들은 어떤 내적 영혼의 의미를 가지고 있지 않다. 즉 "이 세상의 모든 증기가 성모 마리아처럼 Chartres 대성당을 지을 수는 없다."

세기의 전환에서 "통제불능의 힘," "에너지", 그리고 "진화"와 같은 단어나 어구들이 다른 소설에서도 나타나고 있었다. 작가들은 Zola의 인간에 대한 "과학적" 연구에 의하여, Darwin의 진화론과 기독교를 공격했던 독일 철학자 Friedrich Nietzsche의 사상에 의하여 크게 영향을 받았다. 세기의 전환에 있던 작가들은 전통적인 사회 도덕에 대하여 새로운 방법으로 생각하기 시작했다. 전통적 가치는 인간 개인의 책임에 대한 사상에 기초를 둔 것이었다. 즉 개인은 선과 악 사이를 선택할 수 있고 해야만 한다. 그러나 오늘날 작가들은 개인이 정말로 이런 선택을 할 수 있는 것인지 묻고 있다. 그들이 사람에게 영향을 주는 많은 외부적 힘을 바라보았을 때, 개인적 선택의 영역과 책임감은 아주 사소한 것으로 보였다. Nietzsche는 개인의 내부에서 작용하는 다른 힘이 있다고 생각했다. 그는 각자는 "힘으로 믿고 나갈 의지"를 가지고 있다라고 말했다. 이 "의지"—혹은 자기 자신과 다른 사람과 자기 주변의 세계를 통제할 욕망—는 "선과 악을 초월" 한다(Nietzsche의 말). 그것은 "기아" 혹은 "성"과 같은 자연의 힘이다.

Frank Norris(1870-1902)의 소설은 분명히 이 새로운 사고의 방식에 의하여 영향을 받았다. 그의 인물들은 흔히 그들 자신의 인생을 통제할 수 없다. 그들은 "열정"과 "운명"에 의하여 움직인다. 자연적 그리고 인간적인 온 세상은 통제 불능의 힘 사이의 전쟁터이다. McTeague(1899)에서 그는 California 풍경을 이렇게 묘사한다. 그 풍경 속에서 "한 거대한 헤아릴 수 없는 생명이 소리 없이, 움직임도 없이 하늘을 향하여 확고히 내민다." 다음 구절에서 그는 생명에 반대하는 기계적인 힘을 묘사한다. 그것은 탄광기계이며, 그것은 괴물과도 같다. 즉 "긴 쇠 이빨로 바위를 물어서 가루로 만들고, 그것을 축축한 회색 진흙의 얇은 수중기로 다시 토해 내는" 괴물과 같다. 이 소설의 "주인공" McTeague도 짐승 같다. "그에게 있어서 좋은 모든 것의 훌륭한 직물 아래에는 하수도관 같은 유전성의 악의 더러운 냇물이 흘렀다. … 모든 인종의 악이 그의 혈관 속에 흘렀다." 그의 아내는 그가 죽였는데, 복권으로 많은 돈을 벌었다. "운명"의 이런 행위는 그녀를 미치게 만든다. 그녀는 그녀의 황금 동전의 꼭대기 위에서 발가벗고 자는 것을 즐긴다.

The Octopus(1901)는 California 밀 재배 농부들과 남부 태평양 철도 회사 사이의 싸움에 대한 소설이다. McTeague에서처럼 우리는 자연의 힘(농부들)과 기계 괴물(철도) 사이의 갈등을 본다. 농부들은 "불가피한" 경제적 힘에 의하여 패배한다. The Octopus 그리고 The Pit(1903)에서 Noris는 밀을 생명의 상징으로서 사용한다. 그는 밀을 거의 종교적 상징으로 만든다. 이런 의미에 있어서 그는 "자연과학적"인 자연주의자들과 다르다. 그의 문체 또한 다른 자연주의자들과 다르다. 그의 많은 묘사(반복적 그리고 힘찬 언어)의 기교들은 Hawthorne 같은 낭만주의 작가들과 더욱 가깝다.

Jack London(1876-1916)은 Norris처럼, 자연에서의 부단한 투쟁 그리고 "적자 생존"에 대한 Darwin의 사상에 깊이 영향을 받았다. 놀랄 것 없이 London의 소설에 등장하는 주인공들은 동물들이다. 그의 유명한 소설 *Call of the Wild*(1903)에서 Buck이란 개는 California의 안락한 생활에서 얼어붙은 Alaska의 환경 속으로 데려오게 된다. Buck은 "우월한 개인"이기 때문에 살아 남는다. 결국 Buck은 그의 조상의 세계로 귀환한다. 그리고 늑대 무리의 지도자가 된다. *The Sea-Wolf*(1904)의 주인공, Wolf Larsen은 단지 사람이 아니다, 그는 하나의 "초인"이다. 아름다운 여류시인 Maude Brewster는 그가 그녀를 구출하여 그녀를 배 갑판 위로 데려온 후에 그에게 매혹된다. 바다에 대한 그의 지식은 그를 자연의 달인처럼 보이게 한다. 그러나 종말에 가서는 이 초인까지도 죽고 만다. London은 그 자신이 한번 설명하기를 그가 말하고자 하는 요점은 Wolf Larsen과 같은 사람은 현대사회에서 생존할 수 없다는 것이었다.

자연의 법칙은 London 소설에 있어서 사회의 안과 밖의 모든 사물과 모든 사람을 지배한다. 때때로 사람들은 이러한 법칙들에 의하여 패배된다. 그의 위대한 단편 소설 *To Build a Fire*(1910)에서 한 사람이 어리석게도 무시무시하게 추운 Alaska의 폭풍우 속으로 들어간다. 그가 성냥을 가지고 있으므로, 그는 어느 때든 불을 피울 수 있다고 생각한다. 그러나 결국 Alaska의 자연은 그를 패배시키고 얼어죽도록 한다.

Jack London은 자기 자신을 일종의 초인적 영웅으로 생각한 것처럼 보인다. 그가 40세에 죽게 되는 사실에도 불구하고 그는 놀라운 생애를 영위했었다. 그는 대부분 독학을 했다. 그는 바다표범 사냥꾼, 굴 해적,

탐험가, 종군기자, 금 광부 그리고 부유한 농부였다. Alaska의 Klondike 에서 추운 겨울 동안, 그는 그의 사상과 집필의 기초가 된 책을 읽었다. 때로는 Darwin 같은 자연과학자였고, 또 때로는 그의 소설 *The People of the Abyss*(1903)와 *The Iron Heel*(1907)에서처럼 Marx 사회주의자 이기도 했다. 후에 그는 사회주의를 거부했고 일종의 백인 인종주의를 지지하는 것처럼 보였다. 비록 그가 자주 자신의 철학을 바꾸었지만, 그 의 글의 질은 항상 높은 수준이었다. H. L. Mencken이 글을 썼던 것처 럼, London의 작품은 "건전한 소설의 모든 요소들: 명확한 사고, 인물 의 감각, 극적 본능 그리고 … 매력적 어휘 그리고 능갈친 의미 심장함" 을 지녔다.

세기의 전환은 미국의 지적 역사에 있어서 흥분의 시기였다. 미국의 소설가와 시인들은 더 이상 영국과 유럽의 작가들을 모방하지 않았다. 그들은 이제 전 세계와 사상을 공유하고 있었다. 미국은 세계문학에 한 중요한 공헌자가 되어가고 있었다. 이 비슷한 일이 철학과 사회학에서 도 일어나고 있었다. John Dewey(1859-1952)와 William James(1842- 1910)는 "실용주의" 철학을 발전시켰다. 그들에게 어떠한 고정된 진리 는 없으며 이론과 실제에서 작용하는 것은 무엇이 되었던 옳은 것이고 사상은 사회를 변화시키는데 기여할 때만 유용한 도구라고 믿었다. William James는 Henry James의 형인데, 그의 *Varieties of Religious Experience*(1902)와 특히 *Pragmatism*(1907)은 유럽 철학자들에게 크게 영향을 주었다. 사회학에 있어서 Thorstein Veblen(1857-1929)은 그의 *Theory of the Leisure Class*(1899)로 자본주의 경제와 사회제도에 대 한 중대하고 있는 공격에 중요한 공헌을 했다. 이 이론에 의하면, 미국 의 부는 국가의 부를 생산하지 못하고 단지 부를 사용한다는 것이다.

Veblen은 말하기를 미국의 경제제도는 생산품을 제조하는 것보다는 오히려 돈을 버는 것에 경쟁을 장려하고 있다는 것이다. 그리고 돈을 벌고 난 후에, 부자들은 돈을 낭비적으로 쓴다. 그들은 그들이 얼마나 부자인가를 남들에게 보여주기 위해서 값비싼 물건들을 산다는 것이다.

Rockefeller와 Carnegie 같은 대자본가들과 대기업은 미국 사회의 "나쁜 녀석들"(bad guys)이 되어가고 있었다. 미국의 대중은 "더러운 정책"과 "더러운 기업"은 미국 사회에서 너무나 멀리 나아갔다고 느끼기 생각했다. 세기의 전환점에서 대통령까지도 이 생각을 피력했다. 1902년에 한 연설에서 Theodore Roosevelt 대통령은 정부는 국가의 정치적, 사회적 그리고 경제적 악과 전쟁을 해야만 한다고 발표했다. 정치학에 있어서 이것은 "진보적 시기"였다. 1900년에서 1914년까지의 이 시기를 신문과 문학에서는 "추문 폭로 시대"(Muckraker era)라고 불렀다.

McClure's, Everybody's와 Cosmopolitan과 같은 값싼 대중잡지들은 기자들을 시켜서 정치와 사업에서 못된 짓을 하는 자들을 찾아내도록 했다. 이들 "추문 폭로자들"의 일은 불쾌한 일이지만 그들의 잡지에 진실을 쓰는 것이었다. 그들은 재빨리 잡지 기사를 책으로 내었다. History of the Standard Oil Company(1904)에서 Ida Tarbell(1857-1944)은 John D. Rockefeller가 자기 경쟁자들을 분쇄하는 방법을 공격했다. David G. Phillips(1867-1911)는 정치(The Plum Tree, 1905)에서 재정 (The Cost, 1904; The Deluge, 1905)에 이르기까지 모든 종류의 사회적 악을 망라하여 썼다. Lincoln Steffens(1866-1936) 같은 몇몇 작가들은 자연주의 소설가들과 너무나 흡사한 사회적 철학을 가지고 있었다. "생존을 위한 투쟁은 너무나 동물과 같다."라고 Steffens는 표현했다. 2

년 간의 주의 깊은 연구 끝에 그는 *Shame of the Cities*(1904)를 출판했다. 이 책은 미국의 "눈에 보이지 않은 정부"(대기업과 정부의 정치 지도자들 사이의 비밀협동)를 묘사했다. Robert Herrick(1868-1938) 같은 몇몇 소설가들은 비극적 인생관을 가진 것처럼 보였다. *The Common Lot*(1904)과 기타 소설에서 그는 미국에서 1890년대부터 일어난 커다란 비애감 속에서 그는 중산계층의 영혼은 파멸되어가고 있다고 말한다. 이 사람들은 이제 공허하고 의미 없는 인생을 영위하고 있다. 그 뒤를 잇는 많은 작가들처럼, Herrick은 절망으로 충만되어 있는 것처럼 보인다.

가장 유명한 추문 폭로작가인 Upton Sinclair(1878-1968)는 Herrick과는 정반대의 인물이다. 그는 인간의 선성을 믿었고, 사회가 변화될 수 있음을 다음과 같이 확신했다: 인간 마음의 가장 심오한 본능을 사람과 사람 사이의 정의에 대한 열망이다. 그에게 있어서 추문 폭로는 거의 하나의 종교적 사명이었다. 그의 가장 위대한 소설 *The Jungle*(1906)은 정의에 대한 그의 투쟁에 있어서 하나의 성공적 무기였다. 이 소설은 보다 나은 삶의 꿈을 안고 미국에 이민 온 Redkuses가 이민 가족들의 이야기이다. 그러나 그들은 오직 일련의 공포와 비극만을 경험한다. Sinclair는 그 가족들이 Chicago의 정육업에서 경험하는 무시무시한 상황들을 보여준다. Jack London은 이 소설을 "임금노예제도의 *Uncle Tom's Cabin*"으로 묘사했다. 정말로 이 소설은 비슷한 실제적 효과를 낳았다. 수백만의 미국인들은 이 소설의 묘사에 충격을 받았다. Theodore Roosevelt 대통령까지도 충격을 받았다. 모든 이러한 관심과 주의는 미국의 식품산업의 개혁을 강요했다. 그러나 문학으로서 *The Jungle*은 매우 만족스런 작품은 아니었다. 많은 그의 모든 소설에서

Sinclair의 인물들은 다소 평범하고 활기 없는 것처럼 보인다. 그러나 아마도 Sinclair의 주요한 관심은 작중인물에 있기보다는 오히려 그의 메시지에 있었다. 그의 소설은 항상 선전의 형식이었다. 또 사회를 변혁시키려고 노력했다. 그러나 Sinclair의 소설은 그의 작품들이 묘사한 많은 악들을 수정하는데 성공했기 때문에, 한때 창조해 냈던 그 흥분을 더 이상 만들어 낼 수가 없었다.

추문 폭로가들을 조장한 값싼 동류의 잡지들은 또 하나의 흥미있는 작가 O. Henry(1862-1910)를 배출했다. 1904년에서 1905년 동안 O. Henry는 일주일마다 한편의 단편 소설을 썼다. 그의 첫 단편집 *Cabbages and Kings*(1904)는 그를 인기 있는 영웅으로 만들었다. 그는 늘 자신의 경험들을 소설을 위한 아이디어로 이용했다. 그는 Texas와 Central America에 살았다. 그는 심지어 감옥에서 시간을 보내기도 했다. 그는 New York을 사랑했고, 또 다른 지방에 살고 있는 미국인들에게 New York을 묘사하는 방법을 알고 있었다. New York은 '사백만의 신비스런 낯선 사람들이 기거하는' 마술의 장소였다. Mark Twain처럼 이해하기 쉬운 신문잡지 특유의 문체로 글을 썼다. 그의 소설은 행동으로 시작하여 종결을 향하여 신속히 나아간다. 그리고 보통사람들의 생활 속에 나오는 깊고 애정 있는 인물들로 충만되어 있다. Twain처럼 그는 강하고 혹은 잘난 사람이 아닌 '소시민'과 연약한 패자의 편에 있으며 플롯도 자주 공식에 따라 쓰여진 것처럼 보인다. 이런 공식은 '반전'이다. 즉 주인공의 한 행동이 그가 기대했던 결과가 아닌 전혀 정반대의 결과를 낳는 것이다. 예를 들면 한 어린 소년이 어떤 악한에 의하여 납치되었을 때 우리는 무슨 일이 일어날 것인가를 안다. 소년은 소설이 끝나기 전에 그 상황을 '반전'시켜, 그 악당들을 자기 포로로 만들어 버린다.

O. Henry의 또 하나의 공식은 독자가 소설의 종말에 이를 때까지 전혀 어떤 중요한 정보의 편린도 알지 못하도록 하는 것이다(*The Gift of Magi*, 1906처럼). 1914년에 New York Times지는 그의 소설 *Municipal Report*를 칭찬했다. 이 신문은 "이 소설은 지금까지 쓰여진 것 중 가장 위대한 미국의 단편소설이다."라고 평했다. 그러나 다른 평자들은 O. Henry를 미워했다. 1920년에 H. L. Mencken은 O. Henry의 어느 작품에도 '단 하나의 인식할만한 인간적 인물이 없다.'라고 혹평했다. O. Henry까지도 한 번은 "나는 실패자이다. 나의 소설들은? 아니야, 내 소설들은 나를 만족시키지 못해"라고 쓰기도 했다. 그러나 그의 소설들은 수백만 독자들을 만족시켰고 아직도 그러하다. O. Henry는 미국의 가장 훌륭한 초기의 단편 소설가로서 인식된다.

미국의 신문과 잡지는 이 기간까지 매우 강력한 힘을 가지게 되었다. 그들은 애국적이었고, 미국이 강력한 국가로 성장하기를 원했고, 평화애호가들을 "불건전하고 비 미국적인 사람"으로 공격했다. 몇 역사가들은 미·스페인 전쟁(1898)은 미국의 저널리스트에 의해서 발발했다고 말한다. 신문은 기사화 할 신나는 것을 원했다. Stephen Crane과 Frank Norris는 전쟁 중에 신문사 통신원이었다. Richard Harding Davis(1864-1916) 같은 통신원은 용기와 붉은 피의 이야기들로 독자를 기쁘게 했다. Davis의 전투 장면의 묘사는 특히 Santiago의 전투처럼, "스페인 제국은 20분만에 지도 위에서 깨끗이 닦아내졌다."라는 표현처럼 훌륭했다. 그는 후에 여러 가지 사실보고서를 수집하여 그의 아주 인기 있는 소설 *Notes of War Correspondent*(1910)를 완성했다. 그의 각 보고서는 용기 있는 주인공, 때로는 군인, 그리고 저널리스트의 이야기를 말해 준다. 전쟁통신원(종군기자)으로서 활동했던 Hemingway처럼, Davis는 여성 독자들에 의하여 찬양을 받았다. 그는 영웅이었고, 용감했고, 남성다웠다.

Lafcadio Hearn(1850-1904)은 역시 신문 기고가로서 출발했다. 그는 Greece에서 태어났고, 그의 아버지는 영국인이었다. 19세의 나이에 그는 돈 한 푼 없이 미국에 도착했고, 생계를 유지할 방법을 찾아야만 했다. 곧 그는 *Cincinnati Enguirer*의 기자가 되었고 그 후, 이어서 New Orleans 신문기자가 되었다. 그의 가장 훌륭한 글은 행동(action)보다는 오히려 무드(mood)를 묘사했다. 그는 찬란한 빛과 어둠 사이의 대조를 사랑했다. 그는 밤의 New Orleans를 이렇게 표현했다. "도보(보행)자의 그림자는 보도 위에 비치는 달빛 속에 하나의 움직이는 점을 이룬다."

훗날에 그는 카리브 군도로 갔다. 그의 *Martinique Sketches*(1890)에서 그는 이 햇빛의 세계와 찬란한 색채를 어휘로써 그려냈다. 그는 "린네느의 눈이 현혹될 정도로 하얀색이 거대한 옥석 위로 수 마일을 하얗게 되도록 철썩댄다."라고 묘사한다. 그의 가장 훌륭한 묘사는 낭만적인 사진과 같다. "황혼이 다가온다. 햇빛은 풍요로운 노란색으로 변하고 긴 검은 모양은 구부러진 도로를 가로질러, 야자수 나무의 그림자, 타마린드의 그림자 그리고 자이언트-펀의 그림자에 누워 있다."

그러나 세상사람들은 일본으로 가서 "Kozumi Yakumo"로 이름을 개명하고, 일본 시민이 된 Lafcadio Hearn을 이해하고 사랑한다. 그는 또한 자기 문체와 주제를 바꾸었다. 그는 항상 전설과 민담에 흥미가 있었다. 이제 그는 일본의 유령이야기를 수집하기 시작했다. 이러한 이야기를 *In Ghostly Japan*(1899)과 *Kwaidan*(1904)의 책으로 내기 위해서 그는 옛 시 문체에서 벗어나 어휘를 단순하게 사용하기 시작했다. 그는 글을 마음의 눈으로보다는 귀로 쓰기 시작했다. 그는 *Mimi-nashi-Hoichi*에 나오는 다음 글귀를 "들어보자".

At that instant, Hoichi felt his ears gripped by fingers of iron, and torn off! Great as the pain was, he gave no cry. The heavy footfalls receded[A], along the verandah, - descended into the garden, - passed out to the roadway, - ceased.

[A]went away

Lafcadio Hearn은 단순히 이야기를 번역하지 않았고, 새로운 종류의 문학으로 만들었다. 일본인들은 이 때문에 그를 사랑한다. 일본인들은 그의 *Kwaidan* 작품을 자신들의 언어로 다시 번역했다. 모든 일본의 학생들은 그의 이름을 알고 있으며 최소한도 몇 권의 그의 작품들을 알고 있다. Hearn이 일본을 찬양했지만, 그는 일본의 좋은 점과 나쁜 점 양면에 대하여 글을 썼다. *Japan: An Attempt at Interpretation*(1904)에서 그는 일본의 옛 사회를 찬양하고, 일본의 신산업 사회를 비난한다. 그는 또한 일본과 서양 사이의 갈등을 예언했다. 그러나 미국문학의 역사에서 그는 전설을 만든 인물이며 미지의 문화의 이야기를 자국의 문화의 한 부분으로 만든 작가이다. 한 비평가가 말한 것처럼, "그는 Hans Christian Anderson과 비교될 수 있는 영어로 글을 쓴 유일한 작가이다."

미국문학 자료

Frontispiece illustration for Captain John smith's General Historic of Virginia, New England, and the Summer Isles

An early farming settlement on former forest land

Gotton Mather

The witch trials in Salem, Massachusetts, in the 1690s

British soldiers fire on Americans in the Boston Massacre of 1770

Benjamin Franklin, writer and scientist

*Ar. American cartoon showing England without her colonies of Virginia,
Pennsylvania, New York and New England*

An illustration from The Columbiad, a long patriotic poem by Joel Barlow

A painting of the poet William Cullen Bryant in the Catskill Mountains

Charles Brockden Brown

Washington Irving

*An illustration from
Irving's Rip Van Winkle*

*An illustration from The
Pathfinder, one of the novels
in James Fenimore Cooper's
"Leatherstocking" series*

An illustration from The Raven, Edgar Allan Poe's most famous Poem

부록 · 미국문학 자료

Ralph Waldo Emerson

Henry David Thoreau

A portrait of Nathaniel Hawthorne, painted in 1852

The great whale in Melville's Moby-Dick

Edgar Allan Poe

Henry Wadsworth Long fellow, by the
British photographer Julia Margaret
Cameron

Tremont Street,
Boston, in the 1830s

James Russell Lowell

"Birdofredom Sawin, with
only one leg to stand upon" -
frontispiece illustration for an
1859 edition of Lowell's
Biglow Papers

An illustration
form J. C.
Whittier's poem
Snow-Bound,
showing the
children at the
fireside

A soldier and his family during the Civil War, 1851-1865

Walt Whitman

Emily Dickinson

Mississippi reverboats at the time of Mark Twain

Mark Twain with a farm worker at the home of his wife's family in Elmira, New York

Henry James, by the artist John Singer Sargent

An 1875 picture showing different trades at a time of rapid industrialization

*Stephen Crane, author of The Red
Badge of Courage*

*A cartoon showing Henry James
returning to Europe*

Life for rich Americans

Poor Americans in the early 1900s

Frank Norris

Jack London

An illustration from London's novel The Call of the Wild

Upton Sinclair, author of The Jungle

Theodore Dreiser in later years

Edith Wharton   *Willa Cather*

A scene from the movie of Lewis's novel Babbitt

부록 · 미국문학 자료

Gertrude Stein (right) with Lord Berners, composer, writer and artist

Robert Frost towards the end of his life

Era Pound in the garden of his Paris studio in 1923

Amy Lowell, leader of the Imagists

Ernest Hemingway

*F. Scott Fitzgerald in happier times,
celebrating Christmas with his wife Zelda
and daughter Scottie*

*A scene from
Hemingway's novel For
Whom the Bell Tolls, set
during the Spanish Civil
War; the movie starred
Ingrid Bergman and Gary
Cooper*

John Dos Passos

William Faulkner

e. e. cummings: a self-portrait

The Depression years: unemployed men eating free bread and soup

John Steinbeck in 1937

YEARS OF DUST

RESETTLEMENT ADMINISTRATION
Rescues Victims
Restores Land to Proper Use

A poster offering help to the victims of the "dust bowl" disaster which Steinbeck describes in his novel The Grapes of Wrath

A scene from the movie of Steinbeck's novel East of Eden, Starring James Dean

Henry Miller in later years

Norman Mailer, whose writing expressed the concerns of the 1940s and 1950s

Senator Joseph McCarthy, who led the anti-Communist "Witch-hunts", looking at a pamphlet which attacks him

A scene from the movie of Carson McCullers's novel The heart is a Lonely Hunter

*Mary
McCarthy*

Saul Bellow

J. D. Salinger, author of The Catcher in the Rye

Truman Capote pictured after the publication of his first novel, Other Voices, Other Rooms

Allen Ginsberg in 1956

*A student taking part in a
demonstration against the Vietnam
War at the University of California's
Berkeley campus in 1970*

Kurt Vonnegut

A scene from Nabokov's novel Lolita, showing Lolita and Humbert Humbert

Sylvia Plath

James Baldwin

Black workers at a country store in North Carolina in the 1930s

Civil Rights leader Dr. Martin Luther King addressing a crowd of 70,000 people in Chicago in 1964

"Block anger": a protest in New York

Amiri Baraka (LeRoi Jones)   *Gwendolyn Brooks*

Tennessee Williams,
Southern Playwright

미국문학 개관

Eugene O'Neill at Provincetown, where his plays were performed by the Provincetown Players

The actress Wivien Leigh in a 1949 production of Tennessee Williams's play A Streetcar Named Desire

A 1949 production of Arthur Miller's Death of a Salesman

Arthur Miller with his wife, the actress Marilyn Monroe

미국문학 개관

A poster for one of the very popular Tarzan movies, based on the novels by Edgar Rice Burroughs

A scene from the movie of Raymond Chandler's detective novel The Big Sleep, starring Humphrey Bogart and Lauren Bacall

색인